科幻文学群星榜

永不消逝的电波

拉　拉——著

民主与建设出版社
·北京·

图书在版编目（CIP）数据

永不消逝的电波 / 拉拉著 . — 北京：民主与建设
出版社 , 2022.3

ISBN 978-7-5139-3748-1

Ⅰ . ①永… Ⅱ . ①拉… Ⅲ . ①幻想小说 – 小说集 – 中
国 – 当代 Ⅳ . ① I247.5

中国版本图书馆 CIP 数据核字（2022）第 030879 号

永不消逝的电波
YONG BU XIAOSHI DE DIANBO

著　　者	拉　拉	
责任编辑	廖晓莹	
封面设计	宋双成	
出版发行	民主与建设出版社有限责任公司	
电　　话	（010）59417747　59419778	
社　　址	北京市海淀区西三环中路 10 号望海楼 E 座 7 层	
邮　　编	100142	
印　　刷	三河市冠宏印刷装订有限公司	
版　　次	2022 年 3 月第 1 版	
印　　次	2022 年 3 月第 1 次印刷	
开　　本	880mm×1300mm　1/32	
印　　张	8	
字　　数	183 千字	
书　　号	ISBN 978-7-5139-3748-1	
定　　价	32.80 元	

注：如有印、装质量问题，请与出版社联系。

想象新时代

　　"科幻文学群星榜"是由中国科普作家协会科幻专业委员会联合其他科幻组织共同推出的一套科幻书系。这是一个规模庞大的工程，目前来看，也是独一无二的工程，基本囊括了中华人民共和国成立以来老中青几代具有代表性的科幻作家的佳作。这些作家的年龄，最早的是20世纪20年代出生的，最晚的是"90后"。

　　科幻文学作为一种年轻的文学品类，本身就是现代化的产物。1818年，世界上第一部科幻小说《弗兰肯斯坦》诞生在第一个实现革命的国家——英国。然后，科幻文学在法国、美国、日本等工业化国家繁荣起来，进入蓬勃发展的黄金时代。科幻作品反映着科技时代人类社会的变迁和走向，反思当代人类面临的多重困境，力图打破所谓世界末日的预言，最终描绘出一个五彩斑斓、生机勃勃的新未来。

　　早在20世纪初，中国的一些有识之士便把科幻作品译介进来，掀起了第一次科幻热潮。它承载起"导中国人群以行进""改变中国人的梦"的使命。20世纪50年代至60年代，随着中国的工业和科技体系的建立，科幻作家们以满腔热情擘画了一个欣欣向荣的新世界。1978年改革开放后，中国再次向现代化进军，科幻迎来新的勃兴。作家们满怀豪情地书写科学技术为实现现代化，为谋求人民的幸福生活所创造出的神奇美景。进入21世纪，随着新时代的来临，这个文学门类也进入成长的新阶段。随着《三体》等作品的问世，中国科幻迎来了新一轮热潮。作家们描绘着古老的中华民族在实现全面小康和建成现代化强国的过程中所面临的新机遇、新挑战，谱写着中国走向世界、步入太阳系舞台中央并参与宇宙演化的新篇章。

科幻文学的发展折射着中国国运的巨大变迁。当今，海内外不同领域的人们对中国的科幻文学的空前关注，实际上是关注中国的未来，关注世界第二大经济体将如何持续演进，关注14亿人的创造力将怎样影响这个星球。从现实意义上来说，这套书系不但包含这些丰富的信息，而且集中梳理了新中国科幻文学取得的辉煌成就，整理出新中国科幻文学发展的广阔脉络；而且从一个特殊的侧面，反映了中华民族从站起来、富起来到强起来的进程，见证着中国走向更加灿烂辉煌的未来。

这套书系具有以下三个特点。

一是权威性。它由中国科普作家协会科幻专业委员会主持编选，并与国内多个科幻文化组织合作，得到了包括中国科普作家协会科学文艺专业委员会、《科幻世界》杂志社、南方科技大学科学与人类想象力研究中心、未来事务管理局、八光分文化、重庆钓鱼城科幻中心等的鼎力相助。编者从中华人民共和国成立以来的海量科幻文学作品中，精选出足以体现时代特征的作品。收入书系的作者，涵盖了雨果奖、银河奖、星云奖、晨星奖、光年奖、未来科幻大师奖、引力奖、水滴奖、冷湖奖、原石奖、坐标奖、星空奖等中外各类科幻大奖的获得者。

二是系统性。它收集了中华人民共和国成立以来不同时期作家的代表作。作者中有新中国科幻奠基者和老一代作家，如郑文光、童恩正、萧建亨、刘兴诗、潘家铮、金涛、程嘉梓、张静等，也有改革开放后崛起的新生代作家，如刘慈欣、王晋康、何夕、韩松、星河、杨鹏、杨平、刘维佳、赵海虹、凌晨、潘海天、万象峰年等，以及以"80后"为主体的更新代作家，如陈楸帆、飞氘、江波、迟卉、宝树、张冉、程婧波、罗隆翔、七月、长铗、梁清散、拉拉、陈茜等，还有在21世纪崛起的全新代作家，如杨晚晴、刘洋、双翅目、石黑曜、王诺诺、孙望路、滕野、阿缺、顾适等，从而构成比较完整而连续的新中国科幻光谱，同时也是对中国科幻文学发展历史的一次系统检阅。

三是丰富性。它比较全面地展现了广域时空中新中国的科幻生态和创作风格。这里面既有科普型的，也有偏重文学意象的；既有以自然科学为主体的"硬"科幻，也有侧重社会现象的"软"科幻；既有代表科幻未来主义的，也有反映科幻现实主义的；既有传统风格的写法，也有实验性质的探索。作品的主题涵盖了中国科技、社会、文化和民生的热点。从中可以看到，一个曾经积弱的民族，如今正活跃在地球内外、大洋上下、宇宙太空、虚拟世界、纳米单元、时间航线、大脑意识等各个空间。这里有中国政府和人民引领抗击全球灾难的描述，有脱贫的中国农民以新姿态迈出太阳系的故事，也有星际飞船和机器人在银河系中奏唱国际歌的传奇。

这套书系力求构建起一个灿烂的星空，并以此映射人们敏感而多样的心灵。爱因斯坦说，想象力比知识更重要。科幻是相伴人类发展进步而产生的新兴事物，是一个民族想象力的集中反映，是科技创新的艺术表达，在人们面前呈现出一幅幅奔向明天、憧憬和创建未来的美好画卷。许许多多杰出的科学家、工程师和企业家在年轻时受科幻文学的熏陶和影响，因此走上了创造神奇新世界的道路。中国正在稳步建设创新型国家，需要更多富有创造力的人才。科幻文学也肩负着实现中国梦的责任，在点燃青少年科学梦想、激发民族想象力和创造力方面，起着不可或缺的作用。

这套书系将为广大读者，尤其是年轻人打开中国科幻和未来世界的门户，有助于人们拓宽视野、开阔思想、激发灵感、探索未知、明达见识。它也将进一步促进中外科幻、科技、文化和文明的交流，为人类的共同发展做出中国的一份独特贡献。

中国科普作家协会科幻专业委员会

2020年10月1日

创作谈

"时间是不存在的。"

忽然间接到了稿约，要将我从前写过的科幻小说重新结集出版，再次让我深刻地体会到这句话的含义。

在很久没有打开过的电脑的某个隐秘目录里，静静地排列着数个文档，对于从一开始就以电信号生产的它们而言，时间并不存在，只要保存它们的介质存在，它们就永不消逝。

我已经记不清上一次看这些文档是什么时候，但我至今仍记得每一篇的每一个字，所有我写过的科幻小说，都是从心里流出的文字，不需要修饰，也不会忘记。

我清楚地记得《真空跳跃》这篇出现在《科幻世界》上的我的第一篇小说，它并非创作于2002年，而是在某一节高一的物理课上。一本薄薄的叫作《麦克斯韦的妖精》的物理小册子，不知道谁带到学校来，在教室中以量子形态传播着，并且——非常不科学地——出现在了我的抽屉里。那是我第一次接触量子力学。在似懂非懂地认识量子纠缠理论之初，我便以高中生的大无畏精神立刻开始构思一个故事：在一片广漠无垠的宇宙空间，一片真正的"空间"，量子力学会如何表演它的魔术……

当然我没法立刻完成它，因为马上就是"令人高兴"的数学课。当我在2002年忽然想起来并且完成它时，它差不多还是高中物理课上的那个样子，仿佛时间并不存在。

在写完《真空跳跃》之后不久，时间在人类的尺度上走了大约一个月，我光顾了一家包子铺。这家包子铺以皮薄汤浓的生煎包子而远近闻名。那是一个重庆常见的雾蒙蒙雨蒙蒙的日子，我在吃下第五个包子的时候，"信步走上云梦山的时候，天还没有亮"这个没头没脑的句子跳入我的脑海，准确地说是跃迁，因为"跳"这个带着时间函数的动作是不存在的。

我在大约3天内就写完了这篇小说，绝对创造了我个人之前牢不可破的记录。在写作的第二天下午，我背着笔记本电脑来到后山上。那天天色凄美，愁云惨雾，十分符合小说中黯然的氛围。我坐在山石上，注视着金色的阳光在沟壑纵横的云中蜿蜒穿梭，心中满是感慨。

> 在这个薄云缭绕的早晨，天上的云彩沟壑纵横排列着，阳光如同金色的长蛇，在沟壑之间蜿蜒爬行。窗外稀疏婆娑的树林变成了剪影，默默站立在青光耀眼的天幕之下。
>
> ——《春日泽·云梦山·仲昆》

那一天的所见，不仅留存在书中，亦留存于脑海中，现在想起来，仿佛就在转瞬之间，因为，时间并不存在。

2006年的夏季，我写完了平生第一本长篇奇幻战争小说，为此进行了大量战争片的恶补，其中尤以苏联的战争电影为主。小说写完后，我也得了重度"俄国名氏依存症"，满脑子都是"尤里""格里格里戈维奇"和

"为苏联服务！"式的咆哮，这种依存症严重影响了我的生活。

不久之后的一个晚上，我被那些响彻脑海的名字折磨得无法入眠。在接近凌晨4点的时候，我忽然翻身坐起，打开电脑，写下了"住在五一劳动者大街第76号4楼1号的巴库斯塔先生做了一件空前伟大的事情，然而他自己并不知情"这句话。

一瞬间，无数的俄国姓氏喷涌而出。在不到一周内，我就完成了这篇小说。从此所有的名字都跃迁到了小说中，再也没有人名在脑海中烦我。

至今，这些名字仍然在小说中闪闪发光，如同那些存在于历史中的同名英雄一样。英雄永生，英名永不消逝，因为在那个维度，时间并不存在。

在几乎长达10年的时间里，我的大部分工作时间都是与嗡嗡作响的网络服务器为伴的。诡异的是，我并不需要维护它们，也不需要运转它们，但每天都要在充满塑料味的机房里待上一会儿。那时候还是21世纪早期，网络还未如今日这般渗入人类的灵魂，但它却过早地渗入了我的灵魂。每当我无聊时，我会一个人去机房，与这些和我们人类一样会思考，会发热的设备待在一起，思考着。

网络文明比历史上任何文明都来得迅猛，快得甚至具有了某种进化上的优势——在我们人类其他的进化可能性到来之前，网络文明就将影响并快速地终结人类进化——人类将会整体性地沉浸于网络之中，从而为长达4.5亿年的地球生物进化史画上句号。

带着这样的坚信，我完成了《掉线》这篇风格诡异的小说。姚海军老师建议我再写一个短篇，用来作为2007年的国际科幻·奇幻大会的献礼。

姚老师说这句话的时候是在2007年7月5日。8月7日，国际科幻·奇幻大会就要在成都开幕了。我觉得我们可能在不同的维度。在姚老师那个维度，时间并不存在。

我平生第一次以作家的身份在酒店开了一间房，然后把自己关在里面。最初的几天，效果很好，我差不多每天睡18个小时，直到我确信在我的维度里时间是在流逝的——这时候已经是7月12日了。

我感觉酒店的房间变成了一个虚构现象体空间，在它之外并没有真实。我抱着这种想法，去质疑国际科幻·奇幻大会的真实性。这时候，"给波拉一个吻吧，犹大"这句话跳入我的脑海中。

这是一个《掉线》里的角色说过的话跳入我的脑海中，现在，它活灵活现地出现在我面前。它不太像人，但也不太像别的什么。它是一个人类与科学的混合体，是一个我长时间里确认它会存在于未来社会的AI（人工智能）的投影，是我对未来的期许之一。

在酒店的房费让我破产之前，我完成了《NSSL人类英雄》。这篇基于《掉线》世界观的小说是《掉线》世界的补完，是在人类社会整体性进入网络世界前的最后一抹余晖。

而在网络世界，时间是不存在的。

我带着一种"时间不存在"的劲头，继续起劲地写科幻小说。我觉得我可能真的会让时间停止。然而在2007年年末，我的父亲中风住院，在ICU（重症加强护理病房）中整整昏迷了52天。在那段对他而言并不存在的时间中，母亲身心俱疲，难以自持。有一天，我陪母亲吃饭，母亲问我今年写科幻小说了吗，我说写了，因为那一年有《多重宇宙投影》。母亲问，今年谁会得银河奖。一股由量子力学控制的热血涌上我心头。我说，我。母亲笑了。

为这个我得确保银河奖不旁落他人之手。我考虑过不受刑法限制的各种办法，最终我决定再写一篇科幻小说来实现双保险。那时候已经10月了，即便时间不存在，恐怕我也来不及了。

我在10月中旬完成了《永不消逝的电波》，一个讲述对宇宙而言并不存在的人类直面虚无时的故事。在这个故事的结尾——

"从宇宙的角度来观看，这场大火是不存在的。然而电波刺破苍穹，坚定地向着遥远的未来前进。"

在小说寄出的一个月后，这篇小说发表在《科幻世界》上，时间刚好让我完成了对母亲的承诺。人的一生中能为母亲，为自己所爱的人做的事，真是太少了。这让我深深地且悲哀地感到，在我们这个位面，在我们有限的生命面前，时间是存在的。

也许是时候开始我的下一部科幻小说创作了。

谨以此书献给我的母亲，以及所有我爱的人。

目 / 录

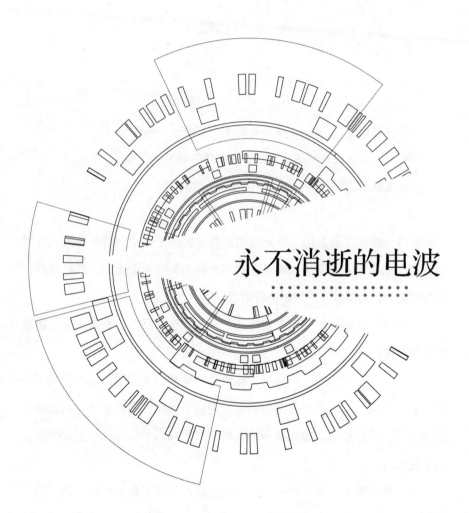

永不消逝的电波

"开拓者1号······嗞······在你的前方······嗞······确认······"

"嗞······建议改变轨道······它看起来很不稳定······嗞······"

"改变航向，77-1045-37-······嗞······"

环境音效发生器发出一声无奈的哀鸣，关闭了。空间骤然陷入一片黑暗，连接插头里的能量也如同退潮的海水般消失得无影无踪。几秒钟后，应急灯亮了，将房间投入惨绿的昏暗光影中。

尼古拉徒劳地伸手在面前划拉几下。没有任何反应，看来这次是把总成给烧毁了。

又过了几秒，嗡的一声轻响，能量又偷偷溜回房间里。尼古拉叹了口气，身体微微一挺。接驳在两肩的灵敏型调节机械臂同时松开，微微喷着润滑气体，缩回墙里。他光溜溜地站起，左手和右手从储物柜里飘出来，接上他的肩膀。

尼古拉咳嗽了一声，那声音立刻在四面八方响了起来，吓了他一跳。他的语音系统还接驳在小房间的公共频道上，忘了收回来。看来在这个以千万秒为刻度的时空泡上，已经很难再深入地追查了——而且恐怕某人也绝不会让他追查下去了。

他悻悻地走出娱乐室，卡格看见了他。卡格的身体正在娱乐中心的其他地方处理故障，于是他在尼古拉面前打开了一个浮空窗体，气急败坏地跟着尼古拉往外走。

"嘿！我说你！见你的鬼去吧，小兔崽子！"卡格"热情"地向他打招呼。娱乐中心的贩子通常都恨不得顾客一直烂在某个角落里，只要一直往账上打钱就行。尼古拉是卡格唯一的例外。卡格在30万秒前就宣称，如果"下流坏子吧"再次能量过载，他就要把尼古拉倒着扔出去。看来是实践他的诺言的时候了。

"好吧，"尼古拉边走边说，"我走。"

"你就不该来！瞧你干的好事——你一个人用了6万氪能量！我真不知道你在干什么。拨拉着插头，用嘴嘬吗？"

"我用了一下时空泡而已——那不是你们的设备吗？"

"我们不用那玩意儿！那是用来糊弄电检处的！"

"我上别家去。"尼古拉一面说着，一面快速地穿过"下流坏子吧"的狭窄小巷子。他的身体的其他部件奋力赶上他，回到各自的位置。他的听觉系统是最后一个回到脑袋上的。这时候，他听见卡格在后面喊："那你干吗不去'老实水手吧'？他们有100套时空泡，刻度10万秒！足够你精确定位到你出娘胎的时候！"

尼古拉停了一下，花了几秒钟来考虑这个建议。老实说，他很感动。因为"老实水手吧"是本地另一家大型的娱乐中心，规模比卡格的"下流坏子吧"还要大。而且，毫无意外的，老板是卡格的死对头。卡格一时冲动说出这种话来，事后肯定会后悔很久，而且会把自己的逻辑判断单元送到工厂去维修。

"好吧，我去。"

"愿主诅咒你！"卡格跟他告别。

凭良心说，"老实水手吧"的确比"下流坏子吧"高档得多，令人惊讶。走进前门大厅，你几乎能遇见城里的每一个人——当然得除去上"下流坏子吧"的人。人人都面带急色，匆匆地想要进入自己预定的世界中去快活。他们把自己的下肢、身体和推进器留在存物间里，塞得满满当当，那里面应有尽有，足够装配一艘空间飞船了。吧台的服务人员显然对这种状况感到非常满意，因为那代表他们的客户正在他们的刷卡机上源源不绝地透支。

尼古拉手揣在裤袋里，慢慢踱过去。吧台服务员很少见到如此"干净"的有机体，他往存物间瞭了一眼，心里大概在想，这家伙肯定不用付停车费。

"我要用一下你们这儿的时空泡。"尼古拉用他那少年沉闷的声音问。

"哪一种型号？"服务员顿时笑开了花。

"哪一种都行，"尼古拉说，"我只需要在一处完全干净、无打扰的空间，来回穿梭时空，搜索空间背景信号就行。"

服务员的笑容僵硬了几秒钟。

"嗯……您需要来一些打特价的特色服务吗？"

"不。"

"时空泡可不便宜，"服务员微酸地说，"如果不需要其他服务，我们可得有个保底价……"

"好的。"

服务员把一块牌子扔出来。"往里走，3775层，1190号，"他简单地说，省去了一切虚伪，"600秒1000块，不包酒水。"

房间里一片黑暗，尼古拉花了好长时间才在黑暗中摸索到座椅。用拉斯龙皮做的椅子又硬又凉，他躺上去，身体稍稍陷入沙发，感觉到一些东西慢慢爬进自己颈后的皮肤，一溜凉风吹入自己思维的深处。他的意识和房间的控制平台接驳上了。尼古拉耐心地在平台上寻找开关。

突然亮起一丝光，就在离他不远的地方。那丝光线从天花板笔直地射到地面上，慢慢变得宽阔起来，原来是落地窗前的窗帘拉开了。

屋子里亮堂起来，很快便达到了耀眼的程度。位于第3775层的房间已经超出了行星拉修姆稀薄的大气层外围，双子星普拉嫡斯和拉格里奥同时无遮无蔽地出现在天际的右上方，把它们的万丈光芒投射进来。即使尼古拉的眼球外围生成了黑色保护膜，他也花了很长时间才适应。

他站起身，走向窗前。行星拉修姆黯淡的地弧线在身下很远的地方反射出微微的橙黄色光芒。在银河的这个偏远角落，能看到的星海实在有限。在前方几毫光秒①外，他能看见太空城格尔姆丹孤寂的身影。在更远的左下方，他甚至能看见壮观的塔夏尘埃云。它硕大无朋的身躯在距离联合星系不到500光秒的远方旋转，正在形成新的行星。围绕在双子星系周围的星尘受它吸引，形成一道长达数百光秒的水幕，正源源不绝地倒入尘埃云的旋涡中。

这倒真是个好地方。尼古拉微微一笑。在整个星球上，也许再没有比这里更好的地方了。

他重新坐回椅子，将两只胳膊从肩上卸了下来，接上房间提供的时空

---

① 光秒：长度单位，指光在真空中行走的距离。1光秒接近30万公里。

泡控制手臂。这两只新的胳膊可不轻，而且和他的身体有些排斥，他花了好些工夫才打开所有控制窗口，依次开启时空泡的各项开关。

房间微微震动一下，脱离大楼，向外空飘去。但并没有离开多远，一种难以言喻的紫色光芒包围了它，然后将它融解——时空泡在引力导索的牵引下，缓缓滑入了时间的长廊中。

从表面上看，似乎一切如常，但若细心观察，遥远的塔夏尘埃云开始古怪地旋转起来，有时候顺着转，有时候逆着转。横过天际注入其中的水幕，也变得模糊起来，看起来几乎是同时流入又倒流出尘埃云。

这一切都取决于尼古拉的右手手指。当他轻轻拨弄时，时空泡就在大约300亿秒①长的时间轨道上快速地来来回回，这是游戏街机能达到的最大尺度了。主要是能量问题。这房间的开销是600秒1000块，主要都花费在可怕的能量消耗上。

他把时间定在约1000亿秒之后，投下重力锚。时空泡在扭曲空间的缝隙处微微摇摆着。他卸下控制手臂，将自己在无线电兴趣小组里组装的接收臂装上身体。来自宇宙背景深处的杂乱信号立刻充满了他的脑海。

耐心搜索——那个频段非常特殊，用不了多久，便从一片噪声中浮现出来。

　　"达·迦马10号……嗞嗞……这里是开拓者1号……嗞……我们距离……大约1.1万光秒——我们能看见通道，前导火箭开辟的道路非常清晰……星环在我们6-2方位大约3000光秒……"

　　"开拓者1号，请再次确认轨道。轨道平面有大约1.5%的偏移。"

———————————

① 约合1000年。本文中的时间均用秒为基础长度单位，读者可以稍稍计算一下。

"达·迦马10号，我们能看见。非常清楚。我们能穿过星环。"

"开拓者1号……开拓者……信……开拓者1号！刚才的通信中断是怎么回事？开拓者1号，请回答！"

"这里是达·迦马10号，开拓者1号，请回答！"

信号在这里中断了。尼古拉脸上露出得意的微笑。他成功地追上了那个信息源，看样子，在1000亿秒之后，"它们"还在路上。

现在该说清楚了。实际上，尼古拉是一名"倾听者"组织的隐修会成员。

在普拉嫡斯—拉格里奥联合星系里，花样百出的组织多如繁星，但像"倾听者"这样的组织还是颇为鹤立鸡群、受人崇敬的，因为这个组织一度是拉修姆繁荣进步的依靠。

拉修姆人并非拉修姆星的原生动物——真正土生土长的拉修姆族已经全部上了他们的菜单。大约1800亿秒之前，拉修姆人的祖先横渡浩瀚银河，从一个不为人知的地方来到联合星系。然后，与所有同类型的小说情节一样，飞船在登陆拉修姆时出了故障——如果硬要把穿越了数十亿光年宇宙空间、早已破烂不堪的飞船一头扎在地里称为"登陆"的话。拉修姆人损失惨重，遗失了过往的一切，甚至包括来拉修姆星之前的经历和技术文明。幸存者们在拉修姆上过了几百年跟土著种族争吃对方的日子，如果这种日子持续下去，幸存者就只能从石器时代开始从头再来了。

所幸的是，在幸存者保留下来的为数不多的古老技术中，包括了深空电磁波接收这关键的一项。普拉嫡斯—拉格里奥联合星系远离银河文明的核心区域，在重新恢复技术文明，连接上文明网络之前，幸存者中的一些人长时间地倾听深空。他们接收、破译混杂在宇宙微波辐射中那些来自银河各个角落、长达数亿年都不会消散的电波。这些电波带来知识和文明，帮助落难的拉修姆人重新拼凑起文明。

60亿秒前，拉修姆人终于重返银河文明圈。从那时开始，银河文明网成为连接这个世界与整个宇宙的桥梁，而倾听则变成了一种怀旧，一种高尚的情趣，一种无聊的打发时间的方法。这个组织的成员都是些修士——至少人们都是这么认为的。"倾听者"倾听宇宙中的一切声音。他们日复一日地改进他们的接收装置，分成许多流派，这些流派通常试图听清楚以下内容：

银河的呻吟声；大天鹅座钟鸣般的脆响；β-4星系连绵不断的踢踏声；孤行者行星划过天际时的嗖嗖声；牛头座星云里尘埃们的窃窃私语；巴·卡迁星系里那个奇怪种族不停的擂鼓声——他们不知疲倦地敲啊敲，以至于文明都中断了，最近30亿秒再也听不到任何动静。最激动人心的是倾听克里克斯星云水河注入塔夏的轰鸣——这声音简直大得像宇宙爆发之初的巨响，喜欢这个调调的人都是苦修会成员。每过两个月他们就要更换听觉系统，有的甚至还需要做心理辅导。

倾听将拉修姆人带入新的世界，给拉修姆人带来无穷的乐趣，只有一件事情被人们遗忘了。拉修姆倾听者从来没有听到过自己母星的声音。在漫长的星际旅行中，他们已经忘了自己是谁，来自何方。他们开始称自己为拉修姆人，好像他们真的在这里出生、长大一样。

尼古拉，像前面说过的那样，是一名隐修会成员。这个组织是所有倾听者组织中最保守、最传统的一个。虽然尼古拉看起来像个没管教好的小屁孩，穿得目不忍睹，成天出没于娱乐场所，然而命运是如此捉弄人。大学时代，在一个歇斯底里的派对上，他神魂颠倒地把自己关在实验室里，结果，制造出一种全新的无线电接收装置。

这是一台"倾听过去"的装置，它只能接收110兆赫兹以下的低频电磁波段。在这个波段内，电磁波老老实实地在第一速度①的限制下穿越空间。银河文明网是不使用这种频率的，而如果偏远地区的某个尚未进化的种族使用这个频率，电磁波也需要好几千年才能在银河系中跨越一小段距离，运气顶了天，被一台类似的装置接收到。拉修姆人是依靠吸收先进文明才从泥坑中挣扎出来的，谁还会有心思去管那些说不定早就灭亡了的文明留下的只言片语？因此，这个频率接收项目，用一句大学里很流行的话来说——很偏，没有人研究这个。尼古拉有幸成为当代唯一一个研究此项目的人。他也因此可以获得大笔经费，足够他逍遥快活地过一辈子。

尼古拉从人生的第一个叛逆期开始就喜欢上了"向后看"。他喜欢研究历史，但倒霉的是，拉修姆人没历史，也没有自己的文化和传统，连一家博物馆都没有。要想研究历史，就得登录银河文明网，用Goooooooooole搜索"历史文化"这个词，可以得到1万亿个网页。可如果搜索"拉修姆的历史"，还不到1000个，而且其中800个都是介绍拉修姆独特的饮食文化的。

这台疯狂的机器一定是从他的潜意识里爬出来的——它就提供历史，其他什么作用也没有。这东西能够从无尽的宇宙背景噪声中，捕捉到那些细微的原始信号，每一段信号都代表着一段被遗忘了的历史：那些也许永远消逝了的种族和文明。在消亡很多很多年之后，只有这些静电噪声在默

① 光在30万千米/秒以下为第一速度；超过这个速度，在120万千米/秒以下为第二速度。而若想登录银河文明网，则需要使用速度在2400万千米/秒的第三速度。

默地诉说涅灭在历史中的爱恨故事。尼古拉把它们一一记录在案。谁知道在这里面是不是隐藏了关于拉修姆人前生的秘密？

他是在20万秒（拉修姆星的现实时间，而非尼古拉在时空泡中经历的时间跨度）前发现这个奇怪频段的。这是一段包含了原始音视频的信号，它跨越了银河浩瀚的空间，前后数千年，已经在寒冷的宇宙空间中损耗了绝大部分能量，接收到它们实属撞大运。

起初，尼古拉并没有太在意这信息。这种东西太普遍了，充满整个银河，好像所有的种族都迫不及待地向外高调宣扬自己的存在似的。听取几遍之后，他赫然发现，这是一段带有明显"拉丁语系"特点的讯息。

在银河文明网上，连接了数以亿计的文明圈，所有的文明都通过两种语系进行交流：一是"拉挈魏语系"，这个语系由3.4564万个表意和4.7125万个表音的词汇组成，十分复杂，但是因为这复杂的语言体系能够描述银河中的大部分丑恶现象，因此为各文明圈通用；二是"恰克恰克语系"，这个语系由一连串——没错，就是一连串，没人数得清到底有多少个——类似于"嗯""呜""呃""啊"之类的元音组成，而实际上这些词毫无意义。交流者本身是通过这些语气词传递精神，在双方的脑海中形成真正的语言。这个语系流行于靠近银河中央星群的一些智商高度发达的种族中，他们才不屑于与开口说话的种族交流。

而拉修姆人的母语则属于"拉丁语系"，也就是字母少于60个的语言系统。在黑暗时代里，他们几乎把母语忘了个精光。连上文明圈之后，拉修姆人全面倒向了"拉挈魏语系"。原因很简单，"拉丁语系"由不到60个表音的字母组成，由此产生的语系实在单调，在银河这个大圈子里，连骂人都不够。只有靠近银河边境的少数未开化种族还在使用这种语言，这可使他们少浪费时间在口沫横飞的说话上。再说，在那些以光速为最高时速的世界里，传递复杂的语言纯粹是跟自己找没趣。

尼古拉研究过"拉丁语系"，这是他的嗜好之一，帮助他在倾听"过去"时，能够比较快地理解那些被监听到的只言片语。他听过的那些落后种族的语言，有时候真能把人烦死，哪怕是经过语言机器的再三净化，也摆脱不了里面混杂的各式俚语、脏话和问候人祖宗十八代的套话。低等种族都用"拉丁语系"，这几乎成了进化上的一景。似乎在跨进文明圈的大门之前，低等种族都被限制了语言发展的上限，他们只能祈求上帝，让他们用那贫瘠的语言把思想能够表达得更准确一些。

尼古拉收到的这个频率的第一个信息段：

"远行者6号……嗞……这里是莆田港……深空激光导航信号已经发射。"

"明白。信号清晰。远行者6号请求离港。"

"远行者6号，港口已经打开，100秒后离港。"

"远行者6号明白。常规发动机开始点火倒数！"

"嗞……嗞……"

"远行者6号……1100秒后启动增压发动机……嗞……"

"莆田港……嗞……我们上路了……我们上路了！"

"远行者6号，2000秒后，你们要张开太阳风帆，展开宽度5000千米，角度37度，接受太阳辐射70毫焦……太阳风将吹动你们，提供给你们穿越宇宙的动力……2万秒后，你们将进入沉睡，太阳在你们身后遥望……30亿秒后，你们的速度将达到光速的4/5……嗞……失去太阳风的吹拂之前，你们要寻找到新的动力……目标是……孟菲斯大裂谷……你们……嗞……将在500年后离开我们所处的悬臂，到那时，你们将不再有天，有年……秒将是你们穿越茫茫星海的唯一度量……故乡在你们身后，然而直到世界的末日，你们都无法再返回……嗞……远行者6号，永别了。"

"永别了……泥土①。"

相对来说，这段信息所包含的有效数据并不太多。尼古拉花了很大精力，才从这些口齿不清、含混不明的发音中分离出5个元音和21个辅音，一共26个"基础字母"。他的翻译机指出，这些字母大约能组成全部共约20万个有效词汇——纯粹得不能再纯粹的拉丁语言。追本溯源，这段信息来自银河 чш–4700旋臂的外沿部分，距离拉修姆星不到1000亿光秒的距离。也就是说，这段信息的发送者，至少在1000亿光秒前，还存在着。

这个种族距离进入银河文明还有长远的路要走，从语言上就可听得出来。它们的语言甚至不能直译"多层面对流凯拉迪斯引力逻辑环"这样的词句，非得说一句土得掉渣的"时空隧道"来形容。这种语系是如此古老，甚至需要在词组组成的表意句式中加入"时间语法"作为辅助。尼古拉在这段信息中分离出来6种，但他估计至少会用到15种。

穿越宇宙的无线电信息，具有中大奖般的素质——它们需要穿越浩瀚的星海，穿越看不见的电磁场、重力陷阱、高辐射中子星……那微弱的能量在数千年后还能被接收到，本身就是一个奇迹。所以，不管尼古拉在他的设备上下多大功夫，在那个时间段上，能捡起来的信息就这么点儿。

只能去时间里搜索幸存的信息了。尼古拉在时间轴上向后走了大约30亿秒，很快便找到了下一段信息：

① 名称本为EARTH，但尼古拉的翻译系统将其翻译为"泥土"。

"远行者6号……嗞……信号受到干扰……我们不清楚你们能否收到这信号……我们很遗憾地通知你们，太阳风已经提前停止……嗞……太阳已经停止运作……我们不知道发生了什么……海王星外轨道发生了奇异的变化……冥王星已经……远行者6号，已经向你们发送唤醒信号……等待你们苏醒后，你们可以选择第二目标……"

信息在这里中止了。

仅仅1亿秒之后，情况似乎变得十分紧急，发布人的声音穿越空洞无助的时空，仍然显得紧促焦急，至少尼古拉的情绪翻译系统是这么认为的。这段信息十分微弱，似乎发射它的设备已经缺乏必要的能源补充。

"远行者6号……远行者6号……先进舰队……你们在哪里……嗞……我们无法定位……时间很紧迫……奥尔特云可能已经消失……空间扭曲得很厉害，我们已经无法观测……有什么东西向星系[1]扑过来了！有人吗？我们向你们呼唤……你们去哪里……请你们尽一切可能传回星图……我们无法离开，无法离开！大灾难已经……嗞……如果文明中断，谁来恢复……我请求你们……"

这段令人毛骨悚然的信息后半段永远消失在浩渺时空中。尼古拉在时间线上来回搜索，再也没有从银河那条旋臂传来的任何消息。那个文明已经在第一次出现的地方凋零。

他打电话给银河那一头的朋友，问他那个旋臂小星系发生了什么事。

---

[1] 一个特定称呼，翻译机认为这是以他们的恒星命名的。

"什么事？一颗超超新星爆发了，把一颗中子星像乒乓球那样打了2万特拉斯①远……发生了什么事？一颗中子星还能干什么？想也想得到，它吞噬了沿途的所有东西，后来再度爆发，变成了一颗新星……问这个干吗？"

"问问呗……"

"问问？"

"……有一个小种族……"

"你是说，那中子星还干掉了一个小马蜂窝？"朋友在电话那头放肆地大笑起来。

"好吧，再见，特纳。"

"好。请我吃饭。再见。"

对大天鹅座 β 的特纳来说，也许一个边远地区未开化种族还当不了院子里的马蜂窝。特纳属于亚拉罕人种，这个有着巨大身躯，长着令人难以忍受的齿状腭的种族向来以吃掉那些弱小种族为乐。但尼古拉做不到。这段信息在他的心灵深处引起不小的震颤，让他不由得想起拉修姆人从前那个已经消失了的、也许是被某个强大种族吃掉了的母星。他迫切地想要知道这个种族剩下的那些前往深空的人们的命运。

他将接收装置对准银河黄道面，来回搜索，搜索范围从100亿秒扩大到1000亿秒。对于那些还没有进化完成的种族来说，这已算是一段漫长岁月。终于，400亿秒后，接收装置再次在那个特定的频率上收到了一小段断断续续的信息：

"莆田2号……这里是搬运者77号……请求入港。"

"77号，你的承重比太低。"

---

① 银河通用长度单位。1特拉斯约合130万光年。

"是的。小行星安姆已经干涸，再也找不到矿源……我们需要补充能源，前往下一个……但愿我们能……"

"愿主保佑我们，77号……"

重新找到的信号，按照那个种族的时间来推断，已经在太空中生活了很长的时间，甚至可能远远超出他们生命的长度。他们离通过多纬度自由来往于银河的技术还远得很，只可能是通过某种冷冻技术来延长生命。拉修姆人早期也是用这种方法来到这里的，虽然拉修姆人早已患上了群体性失忆症。

到目前为止，那个原始种族只有当初的远行者6号上的乘员成功地存活下来。（大灾难到来前，他们留在"泥土"上的母星文明也许曾绝望而狂乱地向空间发射了更多的飞船，可惜那些飞船要么没有躲过灾难，要么没有留下文明的种子，再也没有在银河系中留下只言片语。而其他提前飞离的飞船——尼古拉祈祷它们没有遇上特纳一族——也再没有任何回音。）它们在距离原旋臂最近的一支旋臂的边缘——很遗憾，离银河的核心区域更远了——的一个非常小的星系里定居下来。当然，那是2000亿秒之前的事了。

几百亿秒的时间里，他们小心地维护自己的文明，但是，情况一天天变得糟糕起来。

"面向公众开放的……嗞……反应堆将在200万秒后停止……"

"……殖民院对此表示遗憾……"

"嗞……殖民院……第七殖民卫星能量供应已经到达极限……请求立刻……"

"殖民院……矿石工厂将要关闭……"

"我们没有适合的人选……"

"……公务会要求减少前往空间工厂的……"

"……我们没有足够的原料，继续供应空间项目……殖民院，我们要求削减空间项目……"

小星系里只有两颗足够居住的行星，而殖民者们的能量只能维持不长的时间。行星上没有足够的资源，是一颗"无支持力"的星球，文明还不足以发展到星际旅行，就将耗尽全部资源。运气好的话，永远停留在自给自足的未开发社会；运气不好……

尼古拉静静地等待着它们消亡。

几亿秒后，似乎已经到了决定命运的时刻。收到的消息，有的清晰，有的混乱。小世界正在前进与后退的巨大力量下分裂。

"达·迦马10号，殖民院已经下令……嗞……做好立刻离港的准备。"

"莆田2号……我们正在尽力发动……"

"发射前准备，进入2000秒倒计时。"

"莆田2号！这点儿时间根本不够你们抵达舰上……嗞……我们必须等待……"

"来不及了……嗞……殖民院下令回收……我们要立刻发射殖民2号……嗞……切断与地面联系……嗞……但你会失去发射窗口……"

"达·迦马10号明白。已做好发射准备……"

发生大事了。尼古拉提起精神，没有再驱动时空泡快速向前。他静静地等待着——信号中断了2800秒，然后，再次收到消息。

"达·迦马10号……你离开船坞的速度已达到10万千米/秒……你的目标星图已经上传到主处理器……嗞……"

"明白。殖民2号，我们取道大裂谷，航向6-71-51，向SIPULITION星系前进。2.2万秒后，转入光速飞行。"

"达·迦马10号，你们确定要穿越大裂谷吗？星图不太精确……嗞……那段距离可能超出预期……嗞……"

"殖民2号……我们没有选择……嗞……没有足够的时间和燃料……我们只能冒险一试，否则……在我们穿越大裂谷后，将向第六纬度发射超视距定位信号。你们要紧跟我们……嗞……"

"达·迦马10号，明白……你们将独自面对茫茫星海。祝你们顺利。愿主保佑我们大家。再见。"

"嗞……再见。希望能够再见。"

"嗞……我们已经中断了与地面的一切联系……能量与物资供应已经中断……"

"他们退回洞穴，我们步入星海。"

"是的，达·迦马10号……我们指望你们能……殖民2号将在轨道上等待……我们将沉睡，直到你们将我们唤醒……"

"再见了……暗星……再见……人类。"

空间陷入了无线电静默。在其后的数百亿秒中，这个频段的背景辐射一直存在，却没有任何人发送任何信息。达·迦马10号和殖民2号显然都陷入了沉睡，而那些留在暗星上的人类再也没有把他们的视线转向深空。

由于达·迦马10号具有超越低频电磁波的速度，它将在宇宙中把它自己的信息甩在身后很远，所以，尼古拉不得不把时间一段一段向后推。需要同时计算空间与时间的关系，才能牢牢地抓住那道一闪即逝的电波。

770亿秒后，突然，某一天，达·迦马10号的船员醒了过来，而且是在十分紧急的情况下。不知出于什么原因，船员们打开了公共广播系统，似乎是想将此时此刻的信息直接透露出去，让其他未知的接收者听到。

"从现在的时间计算，我们已经偏离轨道2万……不，3.2万光秒……"

"不可能……重新校验的陀螺仪一切正常……在过去的770亿秒中，陀螺仪一直稳稳地对准比邻星！"

一阵凌乱的声音。

"这是航行电脑在过去的200亿秒内绘制的新星图——这是我们在暗星上预测的航行星图……两者的差距已经扩大到……"

"我要提醒你……我们的目标，是牢牢对准红巨星——现在它就在你我的面前。"

一阵可怕的沉默。

从过往收集的资料上，尼古拉估计达·迦马10号上有200到250名船员，但做主的只有3~6人。其中一人被其他人称为"船长"，还有一人被称为"航行长"。巧合的是，"航行长"这个名字的发音与拉修姆星"总督"的发音十分相近。

上面发言的就是船长和航行长。航行长发现飞船偏离了轨道，而船长却认为飞船几乎是沿着直线在前进，没有偏离目标。尼古拉理解他们为何如此焦急。尽管出生在文明网的圈子里，但尼古拉研究过很多古代种族，以及他们试图穿越宇宙的种种尝试——在宇宙中，如果你没有对准"目标"，那么你就"什么"也没对准。任何做常规飞行的飞船携带的物资都是有限的，一般来说，就刚够抵达目标。而一旦偏离航线——等到察觉，或许需要几千亿秒来修正错误，或者，走一条比这更远的路去下一个目标。下地狱只需一秒，欢迎光临。

好多种族都灭绝在偏离航道上。"能回到窝的蚂蚁从来都不是大多数。"

"嗞……但是连续星图定位表明，作为第二参照物的H-η1117星系和第三参照物的独角星一直准确地停留在航行图预定位置上……主参照物肯定出了问题……"

"根据三比一原则……航行电脑可以判定哪个方位是正确的……既然……"

"那为什么我们会被航行电脑提前唤醒？"

"我不能……嗞……如果航行电脑判断这条航向正确……"

"格罗夫……后面，殖民2号已经发射……他们的补给比我们还少，人员是我们的10倍……嗞……如果我们带错路……嗞……"

这后面是一连串电磁爆音，许多细节湮没在干扰信号中。等到信号恢复，已经是1000秒之后的事了——他已经烧掉了"下流坯子吧"的总成开关，不得不流浪到他不喜欢的"老实水手吧"来。

现在，他重新找回了频率。但信息是那么模糊，在中断信息的770亿秒中，孤零零悬于辽阔深空的达·迦马10号到底发生了什么？停留在暗星轨道上，却失去与行星一切联系的莆田2号港口、殖民2号飞船又发生了什么？尼古拉研究过星图，"它们"提到的大裂谷，其实是一条位于旋臂 чш-4971与次级旋臂 чфю1277之间的空间鸿沟。暗星位于чш-4971的外缘，如果走投无路的殖民者想要回到资源丰富的银河内部，最近，也是最空旷的道路，就是直接穿越大裂谷。

拉修姆星就位于大裂谷东端，在穿越大裂谷的直角方向。收到这一连串信息，也许并不是偶然。

尼古拉把时空泡开回现实时空，向总台要了一杯咖啡。他安静地坐在座位上，端着杯子。银河中大多数种族，都是靠身体的虹吸管直接吸食流体的，就像塔夏尘埃云永无止境地吞噬着围绕双星的水云气那样。只有拉修姆人保持了一种怪异的方式，用容器盛水，然后用并不那么合适的嘴饮下。

现在，能否收到信息是一种赌博，与时间的赌博。根据"时空镝归原理"，时空泡不能够在一条固定的时空轨道上反复来回，换句话说，如果他选择的时间跳跃点不当，需要反复来回的话，时空相对他而言就会收缩，最后还原成一个闭合环。到时候，他本人就不能再返回这段时空，从而永远失去找到那个种族下落的机会。

在最后一条信息中，"它们"提到了某个星环——

"达·迦马10号，我们距离……大约1.1万光秒——我们能看见通道，前导火箭开辟的道路非常清晰……星环在我们6-2方位大约3000光秒……"

"达·迦马10号，我们能看见。非常清楚。我们能穿过星环。"

"开拓者1号……开拓者……信……开拓者1号！刚才的通信中断是怎么回事？开拓者1号，请回答！"

尼古拉叹了口气，连接上银河文明网，开始搜索大裂谷。

　　大裂谷是一片孤寂空旷的荒野，几乎没有星系，只有一些奇怪的星体和暗星体。这些非恒星物质是怎么来到荒野中的，就连高度发达的银河文明都不能解释。也许它们只是一些被某种原因抛出自己星系的宇宙流浪者，然后被大裂谷中那片"绝对黑暗"物质所俘虏……这只是一种猜测。关于那"绝对黑暗"，银河文明已经争论了很久，目前所知：一是，那里有东西；二是，那东西完全不能被任何探测仪发现；三是，发现这东西的唯一办法，就是冒险做穿越大裂谷的次空间跳跃，然后变成别人眼中一道闪了一下就消失的光……

　　"绝对黑暗"，到目前为止，只对次空间跳跃的东西产生威胁，换句话讲，它就好像是大裂谷悬挂的一道"此地禁止跳跃"的交通警示牌。银河文明很快就接受了这种警告。反正，大裂谷毫无价值，谁也没闲心花2000亿秒去穿越它，看个究竟。

　　它们正在穿越它的道路上。最后结局如何？尼古拉需要做出一张计划表，在时空镝归之前，他也许只剩下三四次空间跳跃的机会。

　　咖啡喝完，他做出了决定，与其盲目地搜索时空，倒不如紧紧跟上它们的步伐。大裂谷中拥有星环的宇宙天体只有3个：红巨星Sislan（这是颗已经死亡的恒星，可能是被某个超新星放逐到这里的残骸）、蓝色巨星Erlen′rad（它几乎不发光，但其剧烈翻滚的双层表面产生的强磁场让星球表面布满强电流，发出微微蓝光）、行星Balard（一颗石头）。3个星体分布在大裂谷中相距遥远的角落，无线电传递到拉修姆的时间相差上百亿秒。

　　它们会去恒星，还是去行星？

　　尼古拉把接收器对准行星Balard，时间是1100亿秒之后。他停下时空泡，静静等待。过了很久，接收器里连该频道产生的"微能量泄露辐射背景音"都没有听到。尼古拉心里一凉，难道它们竟然会去恒星的星环？

机会已经浪费一次了。他调整时空泡时脑子都紧得发颤。1007亿秒后，从红巨星Sislan传来的电磁波即将抵达拉修姆。一阵沉默后，突然，响起了电磁波的微响。

"嗞……嗞嗞……"

"嗞……达·迦马10……我们已经……穿越星环……红巨星……"

"开拓者……嗞……"

"达……嗞……我不知道该怎么解释……你们不能相信……"

"开拓者……发生什么事了？你们的飞行曲线很危险……会正面撞上红巨星……开拓者……"

"不！我们航向正确……我想是正确的……达·迦马……我们将迎上红巨星……"

"开拓者！你们疯了！"

"达·迦马10号……红巨星没有重力偏移，重复一遍，没有重力偏移……"

"那并不代表……嗞……红巨星的引力扭曲场可能在另一个维度……我们现在不是在20世纪……不要相信直观的……嗞嗞……"

"达·迦马……我们正在冲向红巨星……必须要做出尝试，否则跟在身后的殖民2号就全完了……我们宁可……嗞……我们正在下降……下降……距离红巨星2光秒！"

"阿列克斯！不……不！"

尼古拉闭上眼睛，等着从频道里传来船长绝望的声音。开拓者1号是达·迦马10号的前导船，而达·迦马10号是从暗星逃出来的殖民2号的前导船。暗星已经坠落，如果这批人失去目标，那就一切都完了。

几千秒后——达·迦马10号的舰桥已经变成疯狂和崩溃的地狱——重新响起了声音。

"达·迦马10号……迦马10号……这里是开拓者1号……听到请回答……我们在一片虚空中向你们喊话……"

"……"

"达·迦马10号……你们在那里吗？或者我们已经不在原来的宇宙……我们不清楚现在在什么地方……达·迦马10号……但是坐标显示我们就在红巨星的核心……"

"……"

"达·迦马10号……30秒之后，我们将向空间发射一次电磁脉冲……如果你们能接收到，表明我们还位于同一维度……倒计时13、12……1……"

尼古拉点起的烟，在黑暗中发出微光。前拉修姆文明留下的为数不多的习惯，就是烦恼时在嘴边点上一根燃烧的棍子，然后脑前叶主处理芯片会让所有的细胞安静下来。

此时此刻在距离他数亿光秒之远、数千亿秒之前，达·迦马10号先导飞船上，一定有人和他一样，在用嘴嗫着什么。等待命运现出真容的时刻，总是如此煎熬。

"开拓者！我们收到你们发回的信号！清晰可见！……嗞……对你们的定位已经完成！你们……你们……你们在航向上……红巨星在哪里？！"

"达·迦马，这里没有红巨星，重复，没有红巨星……嗞……我们周围都是影像……难以置信……红得耀眼……我们看不见星空……一切都被红巨星吞没了……"

"开拓者！红巨星……红巨星是空的？"

"不……这里根本没有红巨星。"

"什么？！"

"很难说得清楚……达·迦马……但是我猜测我们现在位于一个真实的宇宙投影中……我们进入红巨星中，但是周围看到的全部是扭曲的红巨星表面……无论我们飞到哪里……都只能看到红巨星的表面……围绕在我们四周……现在向你们传回影像……你能看到吗？"

"开拓者……影像很清晰……我……我们不能相信……"

"达·迦马……我们迷路了……"

尼古拉跳出座位，拨电话给大学天文台。因为这是通打往"过去"的电话，所以花了好长时间才接通。接电话的是他的同年，听声音，天文台大概在举办宇宙嘉年华，尼古拉不得不把声音调小到刚好能听到的程度。

"红巨星？"

"Sislan。"

"导航星？"

"导航星？！"

"一个天文习惯用语而已——它怎么了？"

这问题问得真好。尼古拉自己也不知道它怎么了。他斟词酌句："它……它是空的？"

"它是空的！哈！这就是打越时电话来跟我说的事儿？特克萨斯系的

Sislan是空的！真惊人！你可以把这发现权转让给我吗？"

"听着，伙计，我不开玩笑。你知道我说的是裂谷中的那个Sislan。"

"你对星影感兴趣？"

"我不明白——"尼古拉一阵头晕。

"裂谷中的Sislan，我的老兄，是特克萨斯系的Sislan的空间投影。"

尼古拉发现自己坐牢了，时间牢笼。他已经没有更多的跳跃机会，随时可能被踢出这个时空，唯一的解决办法是不离开——直到这件事解决，或者信号彻底中断，他只能待在时空泡里等待。还好，时空泡里有补给，有电，他就死不了。来回于各个时间穿梭，他已经搞不清楚现在的"现实时间"了，只有一点很清楚，他在"老实水手吧"账单上的数字恐怕比他旅行过的时间常数加在一起还要大了。

红巨星Sislan，是一个星影。即使天文台的家伙不给他解释，他也能大致猜出些道道。问题是，那个远在数千亿秒之前的种族显然不知道这个连尼古拉都闻所未闻的现象。他们传出的信息时断时续。达·迦马10号和开拓者1号两艘船在空间中保持了相当的距离，平行地向着银河彼岸飘去。在做出决定前，他们没有更多的能量来停止或者改变前进方向，而这个决定，事关数千人的生死，和一个种族是否有存在下去的希望。

时间一秒秒过去，两艘飞船上的所有乘员的主芯片一定都过载了。[1]他们很快就找到了问题的原因，出在路线选择上——对于急于跨越宇宙中的一大片空地，而又缺少时间和物资的种族来说，的确没有太多选择。它们想要在最短距离内跨越大裂谷，到达次级旋臂чфю1277边缘，必须为它们

---

[1] 尼古拉出生时有自己的脑子，但随即就被生物工程改造为许多块处理芯片，因此他认为宇宙中的种族都是靠脑子里的芯片运作的。

飞船的导航设备寻找一颗固定的、可预算轨道的星体作为导航点。在这片空旷区域中，只有红巨星Sislan散发着数千亿光秒外都能看到的微光。

但是眼下的情况是，这颗红巨星并不在那里，而且它还会随着观察者相对距离的变化而在空间中发生不可思议的位移。

它们花了几千秒时间，终于得出结论：大裂谷中，存在着某种质量巨大得也许远远超出文明人想象的物体。该物体由于过于沉重，扭曲了周围的空间，使之向"下"陷入，最后可能被扭曲空间"包"了起来，以致完全不能被任何探测仪器找到。但是它所扭曲的空间在宇宙中形成了某种类似"透镜"的引力场，这个引力场将遥远的另一个星系里的某个区域放大、投影到了大裂谷中。但由于红巨星是个引力透镜成像的虚影，在宇宙尺度上的多维虚影与实验室里的蜡烛光没有可相提并论之处，所以，它们即使进到了红巨星的"内部"，仍然看得见它的外表。在过去770亿秒的航行中，它们与透镜的距离一直在改变，因此焦距也在改变，航向也随之改变，把他们引到了绝境。

好吧，宇宙开了个玩笑。它开得起，受不了的人可以自行离开宇宙。

不知怎么的，尼古拉有一种负罪感，好像红巨星是他安排在那里糊弄人似的。在连续追踪这个种族很多很多很多秒之后，他已经认识了其中的许多人：莆田2号、远行者6号、达·迦马10号、开拓者1号、船长、航行长……他们挣扎了无数岁月，形单影只地穿越银河，现在，他们要被迫黯然谢幕了。

两艘飞船重新聚集到一起。无线电沉默了很久，也许将要永远沉默下去。在无边无际的宇宙中，两艘比流星还要小的飞船，没有补给，没有港口，没有家园，没有目标……周围数亿光秒内，什么都没有，只有一团影子在燃烧，在嘲笑……算了吧，很多小种族都灭绝过，很多星球都沉沦过。它们的同类，不也选择了沉沦吗？也许还生活得好好的，虽然永远失去了迈向宇宙的机会……

许多可能像虫子一样钻进尼古拉的主芯片中。他的逻辑单元做出推论，它们已经灭亡了。虽然这颗该死的芯片早在几亿秒前就得出了相同的结论，但这一次，尼古拉知道它是对的。

他轻轻一挺身，脱离开时空泡控制臂，准备关闭时空泡。就在这时，接收器响了起来。

"开拓者，你已脱离船坞……速度3371，方向17-37……嗞……"

"达·迦马……船上一切正常……他们已经入睡……再过400秒，我们也将进入沉睡，航向已经……"

尼古拉从座位上跳了起来。它们还要前行！去哪里？去哪里？！

"开拓者……嗞……星图已经上传到主电脑……我们不太清楚……但这是唯一的机会……那片尘埃云正在形成新的行星……如果该星系有其他行星……无论如何……我们已经没有……嗞……"

"我们将在沉睡中等待命运裁决。"

"而我们将为你们照亮前方……嗞……我们的反应堆将在1776秒后爆炸……请将我们的位置传给殖民2号……我们将在空间完全燃烧6000秒……不太长……但足以让他们的导航器重新校正方位……"

"永别了，达·迦马！"

"永别了……"

过了一会儿。

"阿列克斯，你还在吗？"

"……嗞……我在……"

"如果……请不要忘记我们……"

"忘记就是背叛，达·迦马10号。"

400秒后，开拓者1号陷入了沉睡。这是他们最后的选择，不得不省下每一秒钟的补给。1776秒后，达·迦马10号变成了宇宙中的一道一闪即逝的光。

毫无疑问，接下来的很长时间里，将再也不会出现无线电信息。殖民2号与开拓者1号更改航向，在黑暗中飘浮。根据过往的经验，里面的生物有99.999%的可能再也醒不过来。

时空泡内的空调单调地响着，尼古拉决定不再等待下去了。在回到正常时空之前，他叹了口气，稍稍在椅子上伸了伸腰。远方，塔夏尘埃云轰轰地吸入水汽，再过很多很多很多亿秒，那里将会生成一颗行星。和宇宙无限的生命比起来，任何有机物都是渺小得可笑的。

也许不那么可笑……

也许这并不好笑……

也许……

也许它们说的尘埃云就是塔夏？！

尼古拉几乎是发着抖，重新启动时空泡引擎。一个一直在他面前闪烁的数字艰难地从"2"变到"1"。他的时空镝归函数满了。再经过一跳，这段时空就将对他永久封闭，他再也不可能亲身来体验这段历史，寻找那些令人绝望或者充满希望的信息。即使他再通过时空泡进入这些"时间"，时空对他而言也将变得寂静无趣。

时空泡操作系统默默等待使用者输入前方时间点。它等了很久，终于，使用者在"起点"一栏输入"现实时间"。过了好一会儿，他才在"终点"一栏，输入"1800亿秒前"。

塔夏沉重的身躯转动起来，越转越快……宇宙翻过来倒过去，星潮漫过拉修姆，璀璨不可逼视，然后慢慢退去。

星空在1800亿秒前注视着尼古拉。他松开控制臂，站起来，走向窗前。

拉修姆在身下很远的地方。那时候，它还处于蒙昧中。没有建筑，没有灯光，没有穿梭往来的时空舰队。时空泡像个幽灵，飘浮在其上方几千里的空间中。

接收器"咯吱咯吱"地响着。静电噪声飘过空间。

不知道过了多少时间，突然——

"……嗞……这里是殖民2号……嗞……达·迦马10号……嗞……开拓者……嗞嗞……"

尼古拉觉得自己背上的毛都立起来了。

"……达·迦马……我们收不到你们的信号……嗞……我们无法精确定位……我们能够看到……目标行星很清晰……开拓者……你们在哪里？你们已经登陆了……你们能看到我们吗……嗞……呼叫达·迦马10号……"

现在，不需要借助任何仪器，在塔夏左面偏下的位置，一颗闪闪发亮的点已经清晰可辨，那是某种低级空间推进器在脱离光速时产生的火焰。

在经历了数千亿光秒的近乎自杀般的旅程之后，达·迦马10号用生命指引的殖民2号终于抵达了目的地。那艘飞船已被时间和空间折磨得支离破碎，它摇摇摆摆地晃动着，前方的道路所剩无几，但脱离光速带来的冲击也让它一秒比一秒更加虚弱。

数百秒后，殖民2号爆发出一连串闪光。

"……嗞……达·迦马10号……我们出了一些故障……现在不清楚……我看见一些舱体离开飞船……达·迦马10号！开拓者1号……我们出问题了……飞船抖动得很厉害……我们不知道……"

那颗光点在空间留下许多烟和亮晶晶的碎屑，然后一头扎向拉修姆星的轨道。站在6万米的上空，那飞船几乎是从尼古拉脚底掠过。他能看见那些伤痕累累的船体和早已歪斜的船桥。一大半的飞船都裹在浓烟中。

"有谁在那里……帮帮我们！帮帮我们……大部分乘客还没有苏醒……达·迦马10号……谁在那里？请帮帮我们！"

尼古拉发疯般地从窗口这一头冲到那一头，但是隔着玻璃与时间的双重厚壁，他只能眼睁睁地看着飞船转到地平线的另一头去。频道里的惊叫声越来越大。

"警报！警报！主引擎熄火了！我们正在失去动力……失去动力！"

"减速失败！减速失败！"

"速度在上升……我们要坠毁了！"

"稳住船体！"

"第四舱的火势无法控制了……正在蔓延，正在蔓延！"

"船长室！我是第四舱！立刻放弃我们！放弃我们！"

"第四舱剥离……第四舱坠毁……"

"控制不住了！"

"船长室！火势蔓延过中舱！"

"我们失去了870人！"

"船长室！如果不放弃，还有150秒就要撞击坠毁！"

飞船裹着熊熊大火从地平线的另一端冒了出来。尼古拉撸紧嘴巴。历史第一次在眼前历历上演，演员是一群经过了几代人努力，几千亿秒跋涉，从深沉的梦中惊醒的孤立无助的人。宇宙无视这些镶嵌在历史中的悲惨镜头。

"这里是船长室……殖民2号的全体船员……我们只剩下一个办法……只有一次机会……我们剩下的能量只够发射一个舱室，并让它安全降落……船员们……我们时间不多……需要立刻决定发射哪一个舱室……"

"第七舱室，船长！"

从即将坠毁的飞船的各个角落传出隐约的声音。

"太好了。第七舱室是妇女和儿童。"

"但是……他们中间没有专业人员……如果我们坠毁……将来他们怎么生存下去？"

"只要延续，就有办法。"

各个舱室——数量更少了，几十秒之内，许多舱室都已失去了声音——传来赞同声。

"发射准备！"

"舱室封闭！"

"再见了，阿丽娜！"

"发射完毕！"

一个光球脱离飞船，笔直地向下坠落。飞船继续一圈一圈地绕着小行星飞行。大火已经将它完全吞没，可是从里面传出的声音却仍不绝于耳。

"舱室进入大气层！"

"飞行姿态正常！"

"减速伞打开……速度降下来了！"

"万岁！舱室将安全着陆！"

最后一句话，只有少数几个人响应。其他人都已消失在大火之中。

"这是殖民2号在呼唤……达·迦马……开拓者……你们在听吗？我们已经按照与你们的约定，在不知名的行星上播下了种子……感谢你们……我们不知道你们去了哪里……不过没关系……阿列克斯……我们曾经失去过……我们曾经流浪过……我们曾经放弃过……"

"但我们终将找到家园。"

从宇宙的角度来观看，这场大火是不存在的。然而电波刺破苍穹，坚定地向着遥远的未来前进。

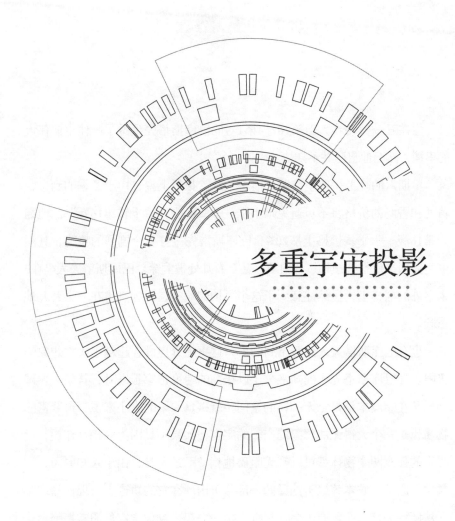

多重宇宙投影

住在五一劳动者大街第76号4楼1号的巴库斯塔先生做了一件空前伟大的事情，然而他自己并不知情。

　　星期六的晚上，他坐在壁炉前看报纸。报纸上说，由于冬季的到来，黄油和香肠的价格将不可避免地上涨——涨多少？"下转第16版"。他翻到第16版——平均价格上涨20%！巴库斯塔先生打了个剧烈的喷嚏，其程度之猛烈，使报纸顿时一片狼藉，甚至有几处被洞穿。巴库斯塔夫人坐在3米之外的摇椅上，显然注意到了这个可怕的喷嚏，因为她也在一个劲儿地擦脸。

　　也有巴库斯塔夫人注意不到的事。这事十分奥妙，超越了人类想象的极限。在巴库斯塔先生的唾液分子以极高的速度击穿报纸时，其中一颗碳16原子在穿越本该是空无一物的空间（就碳16原子的大小来说，再紧密的物质也是一个大得无法想象的空旷的宇宙，如果不是因为强相互作用，世界上的任意两个物体都可以毫无阻碍地相交而过）时，由于未知原因，一颗碳12原子（它本该属于油墨的一部分）出现在它的轨迹上。现代物理学无法解释为什么两颗原子会在报纸上撞在一起，物理学家们通常拒绝承认会发生这种事，反正公众是无法在报纸上观测到两颗原子剧烈相撞的。

　　事实也正是如此。星期六晚上，巴库斯塔先生丝毫没有留意到他手里的报纸上发生了一次天翻地覆的碰撞。他扔下报纸，冲到巴库斯塔夫人身边，夫人给了他一耳光，他看见46颗星星。同一时间内，在他的报纸里的很小很小很小很小很小……在10~16个很小内，10亿颗星星正在形成。

起初，宇宙是一个点。这个点本来在空间上和时间上都不存在，因为它还同时属于地球上的一颗碳16原子和一颗碳12原子。众所周知，由于原子自身的体积，它们在空间中相遇的概率是很小很小的，而即使它们相遇，也并非如大多数人想象的那样，如两颗炮弹般在空中相撞。要说原子核相对于原子的体积，我们不得不又在此加上10的负十几次方来形容。如果两颗原子真的相撞，它们的原子核在黑暗的空间里望穿眼也看不到对方颤抖的身影。

形容微观世界真是一件让人口干舌燥的事，常常在5分钟内要花4分半钟去念那望不到头的小数点后的位数。后来，巴尔的摩国际天文研究中心的谭·里斯博士发现了一个惊天的大秘密：如果在我们人类对宇宙尺寸的理解的前面加上一个负号，那就会变成对微观世界的形容。这项发现震惊了世界，人们开始把谭·里斯博士称为新世纪世界哲学观的领军人物。现在，形容微观世界变成了一种轻松而愉悦的生理体验：人们每讨论5分钟，就要花4分30秒去念一个带负号的望不到头的数列，其中有99.9999999%的位数数字为0。

让我们把目光重新放回到那两颗倒霉的原子——碳16和碳12上。它们在空间中旅行得精疲力竭，突然，在一阵霹雳般的喷嚏中，来自巴库斯塔先生的碳16原子和其他（1后面跟无数个0）原子一起被加速。一个原子在加速中撞到了碳16原子上，接着另一个原子也撞到了碳16原子上；接下来，大约10亿颗原子不可思议地接二连三地撞到了碳16原子上。当然，所谓的相撞仅仅是原子们在其遥远的边际上通过强相互作用发生的一种弹性碰撞。碳16原子被持续加速，很快，其速度就达到了惊人的光速的4/5。

在常规状态下，科学家们需要建造45千米长的螺旋通道，并且花上16万美元才能在加速器里观测到被加速到接近光速的原子。在自然界中只存在极小的概率，让某个原子，如碳16一般被"碰巧"加速到那种速度。这种概率是如此之小，以至如果要把两个碳16原子同时加速到那个速度，可能需要在半个太阳系都塞满打喷嚏的巴库斯塔先生。

于是，在极低的概率下，一颗以光速运动的原子产生了。显然这并不值得大惊小怪，毕竟那只是一颗原子而已，碳16穿越空间，正面撞上了报纸。就大小而言，这就和地球在宇宙中运行一样，周围空得要命，没什么值得大惊小怪的。

问题在于这颗原子的矢量速度接近了光速。现在每年在世界各地讲学的物理学家还没有几个人能讲得清楚，当一个东西的矢量速度接近光速时会发生什么样的事情。有的认为时间会向前运动；有的认为会向后运动；有的认为时间会停止，期货市场会崩溃。其他大多数人宁愿相信，物体这么做纯粹是为了跟爱因斯坦过不去。还有人宣称，他们遇见了外星人，外星人告诉他们，之所以会出现这种情况，是因为相对论不准确——还需要乘4，即 $E=4mc^2$。

至于为什么乘4就可以将相对论大大发展，而不是像人们想的那样乘上100，原因众说纷纭。有人猜测那是巴林银行1990年贷款年利率，就是这个利率导致了巴林银行的倒闭和亚洲金融危机。

但还有一种科学的解释。那个外星人来自距离太阳系4光年之外的比邻星系。比邻星人星际飞船的速度已经达到了120万千米/秒，而他们的年假

人类所有一切跟随的高度疑问
就是思维的诗评.
——我思,因我等待在
若不思,人类就没有未来.

时间相当于地球的744天。每到年假，他们就花上一年将他们冻得冰冷的身躯从遥远的比邻星送到地球上，参加为期两周的麦田狂欢节，然后再花一年回家。有一个比邻星人在威尔士误参加了一个南瓜狂欢节，喝得酩酊大醉，无意之间暴露了这个秘密。但是，天文学家们依然搞不懂"乘上4"这个简单的四则运算。他们把相对论开方，求平方，开8元12次异元方程，折腾来折腾去，距离接近宇宙的真正奥妙越来越远。

人类就是这样的生物。

回过头来说说碳16的遭遇。有一点可以肯定，当一颗具有波粒二象性的原子被加速到接近光速的时候，它的粒子性被大大加强，不再发生衍射。换言之，它变成了一颗直直射向目标的炮弹。

显得有些笨拙的碳12正巧挡在它的路上。碳16穿越无尽的空间，它的原子核穿越两重宇宙的距离，撞上了碳12的原子核。

在自然状态下，原子核对撞的概率有多少？小数点后面需要跟多少个0？剑桥大学的高能物理学家巴尔博士曾就这个问题咨询他的老师——诺贝尔物理学奖获得者康斯坦丁·布尔斯堪。他那德高望重的老师向他怒吼道："像坨屎！"从而在历史上第一次精确地诠释了这个概率。

让我们来把事情说得简单点儿。在一个接近于0的概率下，发生了一件事；接着，发生了另一件事。这两个概率共同作用的结果，是让两个碳元素的原子核结结实实地撞在了一起。爱因斯坦和他的拥护者们以为这将会释放出巨大的能量，足以让整条五一劳动者大街的所有壁炉熊熊燃烧几个月，然而他们错了。它们在这个世界上的最后身影是向周围发射出一圈震动的弦波（这个很难解释，作者也说不清楚，可能需要问一下史蒂芬·霍金或者其他一些坐在轮椅上思考的人），紧接着，一个点形成了。这个点滑入了时空的缝隙，刹那间脱离了巴库斯塔先生所处的宇宙空间，到了一个并不存在的宇宙空间，而正是由于它的到来，这个空间产生了。

这也许就是我们宇宙诞生的方式，也许不是。但那宇宙在最初几秒内，与我们宇宙开天辟地的那一刻十分近似。首先产生的是时间，它从诞生的那一刻起就毫不迟疑地向前运行。紧接着，引力诞生了。10~40秒之后，这个宇宙从量子背景（就像是电视机上的雪花点一样的东西）中诞生。同一时间内，力场开始分裂成几种原力，而物质则从质子、中子变成了氘和氦这样的稳定原子……仅仅35分钟之后，原子核化的过程就结束了，宇宙开始从一个鸡蛋大小向着数千亿光年尺寸的成年态稳步迈进。数千亿光年，那是个什么概念？这超出了智慧生物所能想象的极限。人类目前能看到的、想象到的空间尺度，大约是这个的……

——算了吧，还是不说为好。

这个宇宙进展得十分迅速。由于时空与我们的时空完全没有重合，它自由地发展着。1年、100年、1000万年、10亿年……对我们来说一点儿概念都没有。时空是一种如此令人着迷的东西。它如果没有重合，那就完全没有尺度上的概念。数十亿年匆匆过去，巴库斯塔先生甚至还没来得及赶到市场抢购即将涨价的黄油和香肠。

恒星诞生了。

恒星消亡了。

新的恒星诞生了，作为前恒星的继承者，它还继承了其爆发出的重元素构成的行星。星云，像宇宙中盛开的花朵，播撒到宇宙的各个角落。

空间从无向无限扩展。宇宙生长到哪里，包容它的空间就扩展到哪里，空间与宇宙是形式与实质的二重奏。这个宇宙中诞生的第一个智慧生

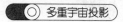

命，巴米扬行星上的六足怪哲学家亚图库斯坦曾经写了一首诗来形容这种共生关系：

> 啊，宇宙，
>
> 你无限。
>
> 啊，空间，
>
> 你也无限。
>
> 你们，
>
> 真无聊！

顺便提一句，这个曾在文明发展史上第一的种族不久就衰亡了，原因似乎是群体性失乐。

原子诞生的宇宙变得生机勃勃起来。第一次爆发时所产生的恒星进入了衰亡期，由此产生了大量的超新星。超新星的爆发将前恒星聚变所产生的重物质抛撒到宇宙中。生命，这个宇宙秩序的破坏者，如雨后春笋般地出现。和地球上的人类一样，他们大多数相隔甚远，无法穿越空荡荡的浩瀚宇宙发现其他邻居。因此不得不编造许多谎言：他们的种族是宇宙中唯一的、神圣的、智慧的、文明的、摄取水分的、站在食物链的顶端，并因此有权利随意倾倒垃圾的种族。这样的种族越来越多，宇宙越来越无聊。

宇宙，这绝对的存在，会觉得"无聊"吗？

核桃松仁星球上的伟大哲学家努古努夫曾经证明过这个命题。他认为：

第一，宇宙是由包含于其中的所有物质构成的。而由于引力等原则的存在，宇宙中的任何物质都是相互影响的，而且其相互影响的程度，受到影响施加物的大小、数量、品质等的限制。

第二，他自己很无聊。他同时可以证明他周围的300个人很无聊。这300个人向他保证，他们同样能找出那么多的人来证明他们无聊。

第三，推算出，宇宙中有生命的物质都很无聊。

第四，推算出，受到这些有生命物质影响的物质都很无聊。

第五，推算出（天晓得他哪里找的基础数据），宇宙有67.5877678%的物质感到无聊。

第六，四舍五入算出宇宙感到无聊。

文明就这样千奇百怪地产生、发展、繁荣着。宇宙渐渐热闹起来。

在某个时候，宇宙甚至产生了一种空前恐怖的怪物。距离中央星群3.5亿光年的偏僻角落里一颗名叫"曼切斯特"的星球上，诞生了一头名叫"对冲基金"的怪物。这头声名远播的怪物原来不过是一粒弱小的、无害的，甚至有些胖得可爱的乳酸菌。曼切斯特人为了解决日益增长的已经覆盖了星球3/4表面积的生活垃圾问题，将它改造成了可以吞噬一切的物种。可怕的是，他们刚来得及将它的吞噬基因改良，还没有（或者说还没来得及）给这种功能加上一个开关，这个怪物就开始了它的使命。最早的对象就是用电子显微镜观察它的两个曼切斯特的科学家，以及他们建在垃圾场上的实验室。几万年过去，"对冲基金"已经将诞生它的母星吞在肚中，并且依次吞下了星系内的所有行星、小行星和彗星物质，甚至包括小太阳。它贪婪地继续向宇宙进军，方法是通过向空间伸出长达几万光年的令人倒胃口的触角，然后把被它黏上的星球一一吞下。这个宇宙怪物越来越大，吞噬了数不清的星系，其中包括许多已经产生了文明并且股市正在蒸蒸日上的行星，大庄家们可亏惨了。

　　几百万年之后，恐怖的星系怪物"对冲基金"已经大到这个宇宙里任何长眼睛的生物都无法忽略的程度。它在中央星群上方的南天区造成混乱，数以亿计的智慧生命都拼死逃离那个天区，像四散的流星般窜向宇宙各个角落。但是"对冲基金"是如此之大，物理学对这种大到数万光年的物体已经失去了解释的能力。即使是以接近光速逃离的物体，也会轻易地被它的触角扫过。它在真空中的触角细微得像彗尾，以至那些逃亡者一开始根本察觉不到。300年后，它才会噬穿铁制外壳，进入船舱，在那些肮脏、闷热、积满排泄垃圾的舱室内留下一连串凝固的惨号。

　　只有橡胶及塑料制品，它消化不了。这很奇怪，因为这本是曼切斯特星人制造它的初衷。在大蟾蜍星系的一个智慧特别出众的种族知道了这个秘密，于是他们想出办法，把行星——包括他们自己在内，全部橡胶化。结果，在"对冲基金"到来败胃口之前，他们的行星连同他们在内，都被太阳晒得干燥断裂，变成了一堆飘浮的宇宙暗物质。

　　真是一帮蠢得令人伤心的家伙。

　　就在宇宙即将整个变成一滩果冻时，"对冲基金"无意间吞下了一颗白矮星。这颗重力恒星在它的胃里折腾了数万年，最后从它的胃里穿孔出来。"对冲基金"死于胃溃疡，这对世界上所有的饕餮都是一个警示。

　　"对冲基金"死后，它那广达数万光年的身躯停在大熊座与猎户座之间黑暗无边的星空中。在真空中，它无法腐败，于是万古长存地飘浮在那里，成了"阿米巴"星座。天哪！这可是历史上唯一真正肉体变成星座的。

　　把它称为"阿米巴"星座的那个种族，生活在距离中央星群3.8亿光年的一个名叫"瑟垦兰"的中等行星上。这颗行星位于一个小小旋涡状星云的一根不起眼的旋臂末端的一个小恒星系中。如果"对冲基金"不死的话，再过300万年，这颗行星连同它的星系一起也该完蛋了。

出于未知的原因，这个长着八条腿，由变种鱿鱼进化而来的种族产生的文明和地球文明有着奇妙的相似关系。比如他们也有肤色、性别之分；他们的文明进程中也有许多次更迭；他们也养猫科动物，玩儿政治铁幕；甚至他们也有一个城市叫作"莫斯科"，而"莫斯科"也有一条街叫作"五一劳动者大街"，在这条街上也有所"红星研究院"，一直致力于革命的宇宙观测工作。

3月，研究员高尔基·格里格里戈维奇（人们都叫他高格里）接到一个新任务，负责观测并拍摄位于中央星群上方、巴伦支星系群中的一块宇宙耀斑。那块耀斑由来已久，自瑟垦兰星上的智慧生命有记载以来，那块耀斑就一直存在着，并且给无数代瑟垦兰星人带来不解之谜。

既非超新星，也不是脉冲星，更不是什么古老星云，但它悬在那空中，无论用精度多高的望远镜都无法对它精确对焦，也就是根本无法看清它。搞不清楚这是为什么，世界各国的天文学家们已经为此迷茫了很多个世纪。刚刚接到的消息说，资本主义大本营已经接近对焦这一不解之谜的边缘。为了抢在这之前，用伟大的天文发现向十月革命节献礼，研究员高格里接受了这个光荣的任务。

位于清晰天区的宇宙现象无法精确对焦，这是件令人迷惑不解的事。一般来说，只有近视眼无法精确对焦，也就是说，看不清楚跟受方有关，而不关发射方的事。但这耀斑就是个特例。高格里在这之前已经进行了很长久的研究，而且有了一定的研究成果。他认为，之所以无法观测是因为那块耀斑在天区中拉了将近3.6万光年的长度，并且以一个复杂的偏振矩阵排列起来。也就是说，这是一个奇怪天文现象的多重投影。

出身于光学工科博士的高格里有的是办法来修正这些偏振常量。他原本想等到母亲节献给妈妈，但现在，组织要求他立刻向党和人民献礼，已经等不到那一天了。

在他的倡议下，一系列宏伟的天文望远镜被建造出来。这些望远镜位于全国的四面八方，彼此之间通过一台巨型计算机连接起来。每个望远镜观测到的图像，在计算机中进行处理，然后放到一个叫作"偏振图像对比器"的处理单元中。计算机不厌其烦地把无数幅图像进行对比归类，计算出彼此的偏振量，再把这些图形整合起来。

经过近5个月的艰苦努力，计算机终于得出了一个结果。鉴于目前天文望远镜技术上的局限，出来的图像还是十分模糊，可是它好歹有了一个具体的影像。

高格里独自一人在研究院里看那张照片，看了6个小时之久。后来，他又到计算机室去，缠着操作员保尔花了3个小时重新冲印了一张照片。结果令他十分困惑。

8月7日早上，距离献礼还有两个月，疲惫不堪的高格里拿着他的照片去见办公室主任古采诺夫。他走进办公室，无力地问了早上好，然后歪坐在椅子上。

主任给他倒了杯咖啡，他则哭哭啼啼地报告了研究结果。

"您是这样看的吗？高尔基·格里格里戈维奇，"办公室主任严肃地说，"您认为您看到了一页报纸，悬浮在大天鹅座S-10和巨蟹座Ω-22之间，是这样吗？"

"我想是的。"高格里沮丧地说。

"您能，"主任问，"我是说，给研究院的同志们演示一下吗？格里格里戈维奇？如果你看到天上有一张报纸，显然同志们也可以看得到，对不对？"

"是这样的，主任同志。"

红星研究院的所有研究员们花了6个星期重做高格里的实验，虽然他们中的很多人表示了反对意见，认为那是望远镜镜头上的花斑重叠所致，然而，办公室主任还是向上级报告了他们的发现，并且建议将该天文现象命名为"真理报耀斑"，因为大家都觉得它看起来很像《真理报》增刊中的一页。

出乎高格里意料的是，他非但没有被当作人民公敌抓到劳改营中，反而受邀参加了在红场举行的阅兵式。最高委员会对他的报告非常感兴趣，认为这是"宇宙投向资本主义的一把舆论利剑"。高格里受到了英雄般的赞誉。

事情就这样搁下了。不久之后，远在资本主义国家的科学家也证实了这个发现。虽然看到这张星际报纸的人越来越多，大家争论的焦点却慢慢转移到它看起来到底像《真理报》，还是像《读卖新闻》。争论迅速变得白热化，3家报社也不由自主地被牵扯进来。这块该死的耀斑已经影响到了报纸的销量：如果某一时间段内，舆论偏向于某家报社，另外两家的销量就会急剧降低，而舆论总是不停地变。

20年后，3家报社终于闹到筋疲力尽的地步。

他们决定联合发射一颗空间天文望远镜到接近耀斑的空域去看看，到底那该死的报纸是哪一家不小心印在天幕上的。这是一场豪赌，各方都豁出去了。

但这样做还有一个小小的问题，那就是，耀斑到底在哪里？十分可笑的是，在被发现20年之后，对它的研究越是深入，它给人们带来的谜团就越大。它的具体位置一直无人知晓。什么？无人知晓？难道不是花600卢布买一架小天文望远镜，每一个人都可以在夏季晴朗的夜晚看到它在头顶闪烁吗？

事实并非如此。

天文界一直没有得出具体的结论，到底"真理报耀斑"位于空域中的哪一个位置——这很难定位。耀斑飘飘忽忽地悬在太空中，似乎全无形质。在它的范围内，有数百个可以精确定位的星系来来往往，可是耀斑却一直怪异地在望远镜上保持着绝对的静止。从它被发现以来，它没有在红星研究院那数百台望远镜上哪怕是挪动万分之一个最小计量单位。事实上，扣除误差值，它根本就是一动不动。天文学家称其为"肮脏的耀斑"，因为它玷污了"宇宙是动态的"这一基本法则。而由于它是不动的，所以，没有办法用相对距离测算法算出它与观测者之间的距离，这就造成了无法定位的麻烦。

根据著名测量定位专家玛廖夫的建议，同时向星球的南天极和北天极方向发射两颗空天望远镜。望远镜向各自的方向飞行了70年之久（这对那3家报社的投资者来说，实在是艰难的等待），从而在空间形成了3个相互距离2.3亿千米的点。从空间测量的角度上来说，这足以精确测定距离超过300万光年的星座坐标了。空天望远镜采用了更为先进的单幅面偏振技术，可以在太空中对耀斑进行精确对焦，即使实验不成功，也会传回有史以来最为清晰的耀斑图像。

观测进行得很成功，持续了6年，并且花了同样多的时间把所有的信息都收集起来，全部都浓缩在3张高分辨率的照片上。为了冲洗这3张照片，引发了全球摄像领域的一场革命。原因很简单，在几年时间里，观测委员会都无法把这3张相片冲洗成各自不同的画面。

　　3个成像点相距亿万千米，即使用来观测3000万光年之外的物体，其成像也大不相同。但这3张照片上的耀斑是一模一样的，把背景那些模糊的噪点去掉，任何一款精密的分析软件也找不出3张照片的区别。委员会换了十几茬，甚至在几个国家引发了革命，十几年过去了，结果仍然一无所获。只有一个可能的解释，那就是耀斑成像于宇宙中的每一个角落。

　　肮脏耀斑的定位实验失败了，也许并不算是完全失败，因为一个世纪以来的争论终于有了结果。从照片上可以清晰地看到，这份带着些许褶皱与污迹的报纸，无论从排版还是印刷效果都与那两家报社相去甚远。甚至，报纸上使用的也是似是而非的语言系统，这又直接催生了语言推断学的发展。22年后，扬可夫·格里格里戈维奇（此人与高尔基·格里格里戈维奇有一点血缘关系，不能不说是历史的巧合）得出了最终结论。在这张报纸的残片上，所写内容如下：

　　　　黄油　市场指导价　每公斤64卢布

　　　　香肠（贺式）　市场指导价　每公斤74卢布

　　　　莴苣　市场指导价　每公斤16卢布

　　论断一出，天下大哗。怎么？在天空中悬挂着农贸市场的价格表？您相信吗？会有人相信吗？天空中有可能会悬挂各种东西，国旗、天使……可是谁会相信那里挂着菜市场的指导价？"特别是，"取代《真理报》而起的《我们的家园》这样评论，"这个价格和实际价格相差那么远，难道说莫斯科的市场一直在卖着黑市价？"

我们说说题外话。现在轮到报社倒霉了。几个月之内，他们的股票变成了收藏品，并且带动全球股市灾难性下滑，所有的热钱都投到了房地产上，导致房地产虚假繁荣长达一个世纪。

大革命的时代来临了。

宇宙变得十分诡异。宇宙从无穷无尽、无上无下，到突然露出了包装纸的一角，这简直令人难以忍受。瑟垦兰星人不知道的是，在他们之前，在中央星群的另一端，还有一个种族曾经早他们64万年得出过同样的结论。结果，这个笃信宗教、与世无争的费撒尔星人在几十年内就因为信仰的破灭而灭绝，留下啮齿类动物吞噬他们的文明成果。

瑟垦兰星人面临窘境。科学家们无法解释这种现象，因为从逻辑上来说，他们不能承认这种现象的合理性，但人们对大自然的如此伟业又不能装聋作哑……只有宗教能够做出合理的解释，而瑟垦兰星人普遍认为定的价格太高了。

在随后的一个多世纪里，瑟垦兰星人艰难度日。在天顶上，悬着一幅字，如同天书一样，蕴含无穷信息却又拒绝加以说明。到底是谁的意志，还是另一个未知文明在天穹上留下的印记？它是善？是恶？它从何而来？它会对你如何？它是不是一个预告？而瑟垦兰星人却没有读懂，某天早上醒来，突然，瑟垦兰星被毁灭了，残存的瑟垦兰星人号啕大哭，而毁灭者却声称，我们已经警告了你们长达3万年——向谁喊冤去？

这种艰难的时局延续了130年。在此期间，瑟垦兰星人在重压下一直拼命发展星际航行技术和远星殖民技术。他们制订了紧急行动计划，准备在毁灭者到来之前把自己传送到宇宙的另一个角落里去。国家、政治集团倒台了，因为人类的一切世俗事务都让位于大逃亡，人人都为了大时代的到来而疯狂，很少有人静下心来想一想，既然"肮脏耀斑"是成像于全宇宙的，那么瑟垦兰星人要逃到什么地方才是安全的？

更少的人会静下来想想，那个东西到底为什么在那里？

当然，这并不代表没有人想到这点。

实际上，存在着一个隐藏的秘密。瑟垦兰星人是"这个"宇宙中最聪慧的种族，而且背负着解开这个宇宙奥秘的宿命。瑟垦兰星人很快就将发现他们的宿命。

一个叫作"IBM（国际商业机器公司）"的组织——和地球上的IBM没有任何关系，但是名字出于不可知的原因而完全一致——试图证明，耀斑并非什么警告或宣言，它的来历与宇宙的起源密不可分。IBM由瑟垦兰星上最优秀的数学家组成。这些数学家相信，数学是宇宙的唯一真理，而宇宙自身正是"计算"出来的。它由几条最最基本的，例如1+1=2这样的基本公理组成，然后通过复杂得令人难以相信的推演衍生出变化万千的宇宙，而耀斑正是这个完美算式中的x。所有的算式都是通过x才解出来的。

弗拉基米尔·卡拉杨成为解开公式的关键人物。他是一个孤僻的老头，从长相上看，很难相信哪所大学会忍得下心将他聘为教授。然而他却是个不折不扣的数学天才，IBM的创始者之一。他从研究耀斑的成因开始，花了半个多世纪，最后发现，要解释耀斑的偏振游离态，就必须打破传统的时空观念，将宇宙理解成由无数个层面组合而成的复合体。耀斑在每一个层面中存在，并且通过某种透射效应，照射到这个宇宙中的每一个角落。

卡拉杨由此创建了有名的"弦"理论——认为宇宙是一系列数学正弦的逻辑表象。这一系列代表了宇宙各个层面的弦有一个共同的起点，那就是这个宇宙最早诞生的时间。这些弦是按照时间正向排列的，换句话说，如果沿着其中任意一条向前反推，可以一直上溯到宇宙诞生的那一刻，甚至是之前的一刻。

宇宙诞生之前……

有一天晚上，卡拉杨坐在乡下小别墅的客厅里休息，壁炉里燃着熊熊的火，烤得屋里暖暖的。他歪在沙发上，拿着一张报纸无精打采地看。第3版上有消息说：随着冬季的到来，莫斯科的食品价格会普遍上涨——上涨多少？下转第16版……

卡拉杨没有转到第16版。家里人发现他近乎失神地坐在那里，正当他们中的某个人要去问候他时，他突然扔下报纸，飞似的冲上二楼。以他的年纪和身体来说，这种速度实在令人敬畏。

第二天早上，这个不幸的老头被发现僵直地倒在书房的地板上，因脑出血魂归天国。在他的手里还紧紧地捏着一支笔，桌子上放着几页凌乱的稿纸。根据国家专门委员会调查的结果，显然，纸上那些笔迹潦草的数学公式是导致他脑出血的直接原因。

他的弟子，朱波波夫，接过了（按其他弟子的说法是窃取）他的研究成果，又进行了长达16年的研究之后，向世人展示了他那伟大的老师的研究结果。

为了便于说明，朱波波夫放弃了所有的数字，而用简单的3句话组成了他的理论。

时间守恒是唯一的真理。

宇宙是由一张报纸开始的。报纸里的某个原子发生了突变，宇宙由此而生。

创造宇宙的人对此并不知情。

虽然，这非常非常地不可信，但这次是真的，瑟垦兰星人赢了！这是真的宇宙真理！

加诸瑟垦兰星人头上一个多世纪的枷锁被打破了！瑟垦兰星解放了！宇宙重生了！股市上扬，房地产挡也挡不住了！

瑟垦兰星人距离发现宇宙诞生的真正奥秘只有一步之遥。他们已经认识了原子，并且比我们人类更加深入。现在，宇宙尺度上的原子研究的大门，已经向他们敞开。

77年之后——在此期间，发生了1次革命、6次滞涨、16次海啸、36次金融危机、61次地震，爆发了77次流感——IBM终于完成了一项跨越时代，跨越宇宙的伟大实验的前期准备。70年前发射的，向着宇宙深处各个方向进发的"瑟垦兰之花"的10个前端卫星，已经在空间中围成一个广达6500万平方光年的巨大面。这些庞大的偏振光卫星，一旦同时开始工作，宇宙的2/3都会昏暗下去，而整个宇宙将向另一个空间放射出前所未有的光芒。

一切已经就绪了。

就在开始前的几分钟里，位于巴尔卡阡星系的IBM总部舰桥上，舰队指挥官米高杨坐在他的沙发上，听着响彻全舰的倒数计时，突然间陷入迷茫。我们是否已经准备好了？我们准备好做什么？我们真的已经做好准备，要去撩拨创造了我们这个伟大宇宙的另一个伟大文明吗？

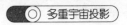

他犹豫不绝地拿起电话，接线员说："是！阁下！"

"我们……我们现在可否暂停倒数？"

"不！阁下！"

"为什么？"

"因为时间差的关系，所以，开始实验的信号实际上在17分钟以前就发出去了。"

"没有人告诉我这个。"米高杨咕哝了一声。

"是！阁下！"

米高杨想，算了吧，这事已经发生了。他躺回沙发，继续做18格数字游戏。

同时间另一个时空

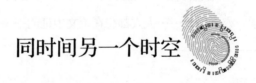

IBM公司原子静力学实验室的科学家们正在夜以继日地进行一项实验。实验的内容很简单，他们打算用126个碳16原子，在万圣节到来之前在一块由激光组成的引力场中拼出"I come from IBM"这句话。这对于参加实验的研究人员和IBM公司来说都十分重要，因为他们想要轻易获得下一届诺贝尔物理学奖的计划正在面临前所未有的重大挑战。

挑战来自一个意想不到的地方。事实上，谁也没有想到过会发生如此的情况。两个月以前，在远离佛罗里达和美国本土、位于中亚的某个地方，一个组织突然通过其旗下的合法电台，向全世界播放了伯哈拉特先生的最新研究成果。

老实说，由于伯哈拉特先生在CSI（国际科学论文）上从未发表过任何有见地的论文，他的这项研究成果一开始并未给科学界带来什么影响。有几家研究机构拒绝发表他的成果。有一家小报由于实在找不到可以刊发的论文，而又必须发表足够数量的科学论文以保持其严肃性，才勉强发表了它，而且把它刊登在广告栏上面（广告是由该组织的公司赞助的，这不由得让人再次产生不好的联想）。

一开始，世界平平静静。一个月之后，国际科学家研究会、国际哲学家研究会和其他16个政府、非政府组织，以及近400家商业研究机构同时开始了对这项研究成果的——用《纽约时报》的话来说——"暴风骤雨般的狂轰滥炸"。语言涉及60种官方语言，内容涉及物理、化学、哲学、生物、犯罪学、奴隶贸易……人人都想在论文中证明——

证明——

证明……

先等一等，伯哈拉特先生到底说了些什么？

由于该组织关闭了其旗下的合法电台，人们无法得到伯哈拉特先生的下一步解释。得不到解释就弄不清楚，弄不清楚就无法反驳，无法反驳就……时间一天天过去，人们动摇了，科学界集体向后站，非政府组织装模作样，好像之前什么话都没讲过。

论文发表45天后，在巴黎和布鲁塞尔的大街小巷，人们开始公开讨论伯哈拉特先生获得本年度诺贝尔物理学奖的可能性，讨论详细到了猜测伯哈拉特先生获奖时将穿什么颜色衣服的地步。

IBM公司别无选择，只能放弃空间动能力学的研究，转而进行大分子原子排列，试图从观赏性上占据评选的优势地位。

10月12日，"I"和"come"已经完成了，有6名研究人员进了海伦堡脊椎康复中心。这天晚上，凌晨，正当贝肯·冯·伯克（这个名字表明他是一名德国贵族）独自在实验室里，将一个碳16原子放到引力场中，形成"f"的第一个点时，怪事发生了。那个原子在冯·伯克的视线内闪烁了一下，接着又是一下。

冯·伯克去了一趟洗手间，喝了一杯浓得可以让胃痉挛的咖啡，回来的时候，计算机上记录了33次闪烁的痕迹。

冯·伯克打越洋电话到中国，询问他们的磁力分辨系统是否有问题，得到的答复是已经过了三包期。

一个星期后，所有剩下的研究人员都看到了那个疯狂的原子，尽管那时候他们已经拼到了"IBM"的"I"。所有的原子中，只有那一个点在不停地闪烁，好像灯箱广告牌上坏了一个整流器。他们用尽一切办法，试图群体性无视这一重大物理现象，一是因为时间已经来不及了，而更主要的原因是，他们找不出一个合适的人选去向董事会汇报，说他们投资了32亿美元组装的原子中的某一个出了问题。

一天中午，研究人员们在绝望中昏昏欲睡，一名清洁工在清扫实验室时看到了不停闪烁中的那个原子。这个毫不知情的人不禁喃喃道："嘿，谁在发报？"

大家又装没事了一个星期。8天后，受尽良心折磨的副组长巴列唯博士把清洁工叫到办公室里。

"约阿希姆·霍亨索伦，你是中欧人，对吧？"博士问。

"是的，先生。"

"你知道，我喜欢匈牙利，那里环境很好，很优美。你知道，易北河……"

"那是德国的河流，先生。而我出生在波兰。"

"约阿希姆·霍亨索伦，我在问你正事。上个星期六的中午，有人说你在实验室看到了电报，是这样吗？"

"是的，是在中间那个巨大的显示屏上。"

"约阿希姆·霍亨索伦，你确信那是电报？"

"是的，先生，那是摩尔斯电报，或者比较接近。"

"约阿希姆·霍亨索伦……"

"先生，"清洁工加重语气说，"我在偷渡到美国之前，是一名电报员。"

"你是偷渡来美国的？"

"是的，先生。"

博士痛苦地挣扎了几分钟。

"好吧，约阿希姆·霍亨索伦，你能来一下实验室，告诉我们那是什么意思吗？"

几周之后，IBM在《时代》周刊全部版面刊登了署名文章《另一个宇宙在召唤》，副标题是"分子电文：你们是谁"。

他们和伯哈拉特的工作室打了个平手。当年的诺贝尔物理学奖最终被诠释了蚂蚁腿与水滴表面张力作用的加拿大研究人员夺得。

圣诞节前夜，乔布斯·斯塔戈维接到某个神秘委员会的电话，告诉他，一架海军直升机正飞去接他，他和他的研究小组将搭乘这架飞机，按时抵达会议点。

电话没有提及原因或者前往的地点，但是乔布斯心知肚明。他只是奇怪这个预料之中的安排来得太快了点，他的研究小组关于"原子宇宙"的课题还只是刚刚开始而已。不过，在他登机时，他被告知位于世界各地的其他小组都已经登上了目的地相同的飞机。

飞机在黑暗中穿越美洲大陆。今年的圣诞节气候不好，从北方南下的强冷气团横扫了大半个美国。他们起飞时，天还没黑透，还能看到一张巨大的黑色锋面张在西方天顶，像正在围拢的新的地壳。他们的飞机朝向风暴飞去，几分钟之内，就彻底湮没在黑茫茫的云层中。

飞机在风暴中剧烈颠簸6个小时后，终于歪歪扭扭地着陆了。机组人员吐得死去活来，乔布斯只好自己放下舷梯，从飞机上走下来。

接机的人开了一长串的黑色房车来接他的小组，这里是面积2万平方千米、望不到边的砂岩荒漠，而且地面上到处都是坠毁的飞碟。在他们的车进入唯一的建筑物——一栋通向地底的小房子之前，他还看到60辆悍马车在几百米外呼啸而过，用大喇叭喝令一个迷路的橘黄色外星人投降。

房车在地下开啊开，无穷无尽的道路。几十分钟之内，他们穿越了很多道铁门，终于抵达了一条人行便道。

乔布斯小组在这里接受了细致的搜身，安全人员似乎并不是想从他们身上找出违禁物品，而是想通过某种苛刻的程序验证他们中间没有夹杂外星人。最后，乔布斯博士被要求独自一人进入最后的房间。

给他开门的人，乔布斯恰巧认识，他是办公厅主任马林可夫。可是马林可夫露出一副不认识他的样子。当乔布斯正要打招呼时，他向他摇摇手，并指指自己胸口，一块身份牌上写着"Q"。

"欢迎您，乔布斯博士，"马林可夫冷冰冰地握握他的手，一面把他往屋里领，一面说，"欢迎您来参加这个普通的听证会。从现在开始，您所做的、所说的一切，都将成为历史上不曾发生过的事。委员会将向您提出问题，您必须如实回答，但不得发问，您明白吗？"

"好的，我明白，马……"

"叫我Q。"马林可夫严肃地说。

他推开里屋的门，乍一进入这个屋子，乔布斯几乎什么都看不到。屋里一片昏暗，但能听到许多沉重的呼吸声，许多人坐在黑暗角落中。只有正前方有模糊的光影。马林可夫把他引到靠前排的位置上，他的眼睛终于慢慢适应了这微弱的光线。

发出光亮的是整整一堵墙，墙是由高级防弹玻璃制成的，隐隐能看见墙的另一面坐着的3个人影，也许那就是传说中的委员会。

在他的左右，包括屋子的四壁都坐满了人。和他坐在一起的都是些神情肃穆的科学家，他闻得出他们之间的敌意；靠墙坐的全是记者，他闻得出他们深深的恶意。这让他不安地挪动了一下身子。

听证会已经开始了一会儿，高格里·马克西莫维奇——分布全世界的所有"原子宇宙"研究小组的总组长——正在那里侃侃而谈："……卡什教授就哲学意义上的研究，已经说得非常明白……呃……我想……呃……呃……"他把手里的文件翻来覆去看了几遍，终于放弃了。

"我想我们应该听听'原子宇宙'道德审查小组乔布斯博士的意见。谢谢，乔布斯博士。"

乔布斯很意外自己一到场就被抽到，他很高兴，委员会显然把对另一个宇宙智慧生命的道德问题看得很严重。而事实上，委员会只是想早点从程序上把道德问题绕过去。他站起来，一个工作人员把一个同声传译耳机递给他。

"你……嗯，乔布斯博士，"3个影子中，左边的率先开口，"你领导了道德小组的工作。你的工作有成效吗？"

这声音听上去十分耳熟，乔布斯在心底里搜索。

"乔布斯博士？"

"噢……噢！当然，总统先生。"乔布斯回过神来，赶紧说。马林可夫在他身边做了个"天晓得"的动作。

"是这样……嗯，我不能说成效很大，总统先生。我们……接到任务的时间很仓促，在整个研究期间，我们获得的信息和其他小组是一样的……嗯……我要说，从这些只言片语里很难对另一个宇宙智慧生命的道德程度做出全面的预估……总统先生。"

左边那个人难堪地沉默了一会儿，才说："您可以不用那么称呼我，乔布斯博士……嗯，我只是个普通的委员会成员……我知道我们时间太少，信息太少，而另一个宇宙又没有代表正义的反对派站在我们一边……但是，我们恐怕只能就目前得到的信息，做出尽可能全面的评估。"

"是的。"乔布斯搜肠刮肚地在心里寻找词汇。

"他们道德高尚吗？"坐在右边的委员问。他说了另一种尖锐快速的语言，乔布斯不得不把耳机紧紧压在头上，才听清楚同声传译。

"我不知道。"

"这么说，道德低劣？"

"我不知道。"

"你选哪一个？"

"这不是选择问题，先生。"乔布斯抗议说。

"你是读心理学的。"坐在中间的人温和地说。乔布斯听完翻译，点点头。

"他们的信息——你如何从心理学上加以解释？"

"比如呢？"乔布斯问。

"他们的第一句话：'你们是谁？'"

"从心理学角度上来说……这很普通。这代表了某种……"

"挑战？"

"我不这么看。"

"那他们为什么没有问候？"

"也许……"

"我们在'伽利略号'上都问候备至。"左边的假装委员的总统插嘴道。

"是的……"乔布斯的额头上不知不觉流下汗来。

"他们没有问候。"中间的人继续温和地说。

"这……从心理上来说……这代表提问者充满了不确定，少许缺乏耐心……嗯……是的，有点儿不太礼貌。"

"那么你对以下由这个邪恶力量统治的异端生命所发的言论——"

"先生！"乔布斯抗议道，"我不赞成使用这种形容词。"

"'我们已经发现你们。'"中间的委员不为所动地拿起纸念道，"'你们处在一个优越的宇宙中。我们已经定位了你们的文明。'你对这些话有何评论？"

"……言辞简洁。"

"充满威胁。"中间的人温和地说。

"宇宙中通常采用较直接的语言，"乔布斯说，"也许……也许从另一个宇宙发来信息需要消耗较大能量，让他们不得不……"

"你在评估他们的技术能力，"中间的人说，"乔布斯博士，你只需要回答你自己的问题。"

"但我想委员会正在臆测某种道德上的优劣，"乔布斯恼火地回敬道，"而这不能从我们得到的少得可怜的信息中找到答案。"

从周围射来威胁的眼光。坐在科学家席位和记者席上的许多黑衣戴墨镜的人向乔布斯怒目而视。他们中的一些人还转过身去，看看记者们写了些什么。记者们坦然地坐着，没有人敢动笔。

"乔布斯博士，"中间的人温和地说，"我们并不想臆测任何东西。我们只是想问，从目前我们收集到的资料上推测，这个智慧种族是否可以完全排除具有侵略性、破坏及强迫其他宇宙种族的意愿？"

即使乔布斯是6所大学的心理学教授，同时还教授11门语言学，这话也让他想了好久才明白到底说了什么。他低着头，沉默地望着墙上那3个模糊的人影。

"乔布斯博士？"

"不，不能。"乔布斯轻声说。

"好的。您可以坐下了。"右边的人说道，"任辛斯基——轮到你了。"

一个矮小的俄国佬弹簧般地跳了起来。他向右边的人脱帽敬礼，露出油晃晃的光头。

"任辛斯基领导我国的一项高级科学事业。"右边的人得意地向另外两个人炫耀。

"是的，总统先生。"任辛斯基激动地直搓两手，让乔布斯不禁联想起了苍蝇。

墙里的那两个人影表现出感兴趣的样子。

"任辛斯基，"右边的人说，"告诉我们，你领导的小组成效如何了？"

"很不错，很不错，"任辛斯基急切地说，"我们已经完成了第一期目标的预期成果的75%中的12%。"

"这是多少，任辛斯基？"

"嗯……这是……不错的进展。"

"给我们说个大概，任辛斯基，这个数字太模糊了，你总不能指望在座的都是数学家吧？"

任辛斯基的两只手都快要升起火来了："嗯……我们……我们刚刚完成的一项实验，把一匹高大的高加索种马缩小到了一匹南欧矮脚马的程度。"

墙里墙外，沉默了好一会儿。大多数人在试图把种马和眼下这个宇宙问题之间的逻辑搞清楚。

"任……任辛斯基……"右边的人擦了一下汗，他的影子把他的焦虑表现得很充分，"这说明什么？我是说，什么时候我们能把我们的星球或者其他什么东西缩小到原子一样小？"

这时候，中间的人和左边的人终于明白了任辛斯基所从事工作的"重要性"。他们向右边的人怒目而视，右边的人拼命小声解释。3颗脑袋在墙里面晃来晃去。

"我……我想……按照目前的速度……"任辛斯基哆哆嗦嗦地说，"也许还要1000年……但我们不会放弃！"

"1000年！"右边的人惊叫道，"任辛斯基，你们这群骗子！国家每年投在这上面的钱足够再装备30个白杨导弹旅！结果你们连一匹马都没搞定！"

"我们已经把自1944年以来的研究推进了一大步，总统先生。"任辛斯基脸色惨白地说。

"滚蛋，任辛斯基！你完了！你和你的研究院都完了！你失业了！你在里海的别墅，国家收回了！你给我滚回海参崴的老家去，现在就滚！"右边的人失去了控制，手里抓着一只鞋子，一面狂敲桌子一面歇斯底里地狂喊，在场的人几乎不用听同声传译就能明白他毒辣语言的意思。任辛斯基哆嗦着脱帽致敬，右边的人顺手把鞋子向他扔过来，却在墙上反弹回去，砸在了左边人的脸上。任辛斯基连滚带爬地跑出了屋子。

记者们沉默地看着黑衣人。黑衣人装没看见，于是大家都很高兴地写下这一段。

现在，一个黄皮肤的人站了起来。中间的人温和地问他："林博士，你的研究项目，现在怎么样了？"

"很顺利……"他费力地咽下了对中间这个人的称呼。

"这么说——"

"我们已经制造了大约1万个原子宇宙的同位素负原子，这个数目……足够引发对冲湮灭。"

"对冲湮灭？"乔布斯博士惊讶地叫了起来，"这是干什么？"

"这只是一种预防手段。"林博士小声回答他。

"预防什么？"

没有人回答他。

突然之间，庄严的时刻到来了。屋子里像是有神从低空经过一样，一下子安静下来。乔布斯不安地咽了口唾沫。

"让我来确认一下，在场的各位专家们，"左边的那位慢慢地开口了，他戴上眼镜，举起手里的纸，仔细地看，"综合你们各小组的意见，我们是否可以这样理解我们目前所面临的处境：我们目前发现的这个原子宇宙中，存在着高级智慧生命的痕迹。我们知道它们在那里，而它们也知道我们在这里。同时，在可以预见的将来，我们没有任何办法把我们的……力量投放到那个宇宙中去，而我们不能保证它们是否已经具有了跨宇宙投放这种力量的能力——对吗？"

"是、是的，"高格里迟疑了一下，不安地说，"我想是这样。"

"谢谢你，你可以坐下了。"

左边的人不再说话。他转过去跟中间和右边的人说话。他们聊了一会儿，没有声音，只看见3颗脑袋挨得很近。一颗说着，另外两颗入神地听。后来，右边的一颗摇了摇头，中间的也摇摇头。

左边的人加紧了游说的力度。看得出来，工作进行得很艰苦。那两颗脑袋不停地摇。有时候，右边的摇头，中间的点头。过了一会儿，中间的摇头，右边的点头。再过了一会儿，中间的和右边的终于都点头了，可是左边的却大摇其头。

参加讨论会的工作人员和科学家们不由自主地紧张起来，望着那面上演默剧的透明的墙。统治这颗星球的3个人正在那里摇晃他们翻江倒海的脑袋。自后现代国际秩序开始的那一天起，这3颗脑袋从未协调过彼此的动作，他们似乎遵循宇宙的"左旋"定律，即政治不对称性：可以同时摇晃，但绝不会同时点头。

脑袋们摇晃得越来越起劲了。人们抓紧身边每一处固定的地方，惊恐万状地看着那些摇晃的影子。他们早已忘了为什么会在这里，或者那3颗头为什么会聚在一起摇晃。他们唯一关心的是，今天是否是个创造历史的日子——那3颗头会同时点头吗？会吗？会吗？

左边的头都要摇掉了；中间的拼命点头；右边的摇得像风中的树叶。突然，左边的开始点头；而中间的继续点头；右边摇头的频率已经接近台风中心。紧接着，左边的继续点头；中间的跟着点头；右边的，停止了动作……突然，它点了一下，幅度不大，眼神不好的人几乎看不清，但接着——又是一下。

现在3颗脑袋都在点头！3颗脑袋都在点头！

人群爆发出狂热的呼喊，激动得难以自持，有些人晕倒在地。马林可夫走到走廊上，失声痛哭起来。记者们冲向每一个电话间，发疯般地拨通世界各地的新闻社，而只有《科学时报》的政治专栏作者霍克·热津斯基颤抖着在打字机上打出"不可能的政治"这个创造性的词根，第二天被整版印刷在60多种刊物上，并因此获得了普利策奖。

人们谁也没去理会那个3颗脑袋。不过，据说，他们还有一段话没有留在历史上——

决定已经做了，可是左边那家伙却说："我的同事们。我知道我们做出了重要的决定。这个世界，没有我们做出的决定，还该怎么运转呢？说实话，我很羡慕你们，你们做出了决定，那就是决定。而我呢？我还得跟300个令人厌恶的议员斗争，斗争到底。放心！今天我们做出的决定，一定会有效。我现在必须去争取一下我国青少年的支持，这样我们可以快速地结束在国会山的那场闹剧。"

那两颗头同情地点点头。左边的人离开座位，从一个秘密的通道出去。国家安全助理正在那里等着他。

"怎么样？他们来了吗？"

"是的，总统先生。虽然有点儿费力，但是这些青少年终于相信这里并非什么51区了。"

"太好了。见面要持续多久？"

"就几分钟。这是全国青少年联盟的头头们，再过3个月，他们会让民主党那帮蠢货在选举中目瞪口呆！"

"太好了。"

他们走进一间会议室，等待在里面的20多名少年同时跳起来。

"晚上好，孩子们。嘿！晚上好吗？你们看起来很不错，你们这些未来的希望。"

孩子们参差不齐地喊："总统先生好。"

"太好了，太好了。你们中间有民主党吗？"

一阵大笑。

总统得意地点点头。糊弄小孩子，太简单了。

"来，孩子们。"他招手让他们过来，围住他。几个安排好的记者马上疯狂照相。

"告诉我，你们对国家的未来有什么意见？"他问。

"你们应该把51区公开。"一个戴眼镜的男孩说。

"天哪，我小时候也这么想！"总统惊叫道，"是的，好的，我是说——你很聪明，你叫什么？"

"汤姆。"

"汤姆，听我说，"总统严肃地说，"这事我们得跟民主党斗一斗，你明白吗？"

"是的，总统先生。"

"还有什么，孩子们？"安全助理提醒大家，"总统先生的时间不多。"

"我可以提个意见吗？"一个小女孩怯生生地问。

总统把她抱在怀里。记者们的闪光灯让大家的眼都花了。

"嗯……我想……宇航局的太空计划里，应该有更多的青少年计划。"小女孩一本正经地说。

"当然！我们——"总统严肃地瞥了一眼安全助理，"我们有这个计划吗？"

"如果民主党不反对的话。"安全助理很为难地说。

"让民主党见鬼去吧！"

孩子们兴奋得发抖。总统亲了他们每一个，然后起身回到密室里。

他进屋的时候擦了把汗，显得很不轻松。

"总算好了，"他对他的两位颇为担心的同事说，"解决了。孩子，真头疼……我们谈到哪儿了？"

乔布斯在空无一人的屋子里等了很久。可是，人人都离开了，没有对道德做出回答。

几个小时之后，乔布斯坐在狂欢的大厅最远的角落里，独自喝着一瓶酒。他的心里乱成一团，也许是酒精的作用，他已经搞不清楚过去几个小时里发生的事。发生什么了？开了一个会……然后呢？研究了什么？结论是什么？他们想怎么样？我在这里……见鬼，做什么？

11点30分，他已经受够了喧闹，放下杯子打算离开。这时候，一个人离开人群，向他走过来。

他向乔布斯点点头。不知怎么的，乔布斯忽然觉得认识这个人，然后，关于这个人的一切都在他心里慢慢成形——高尔基·克柳申科波杨那，俄国外交官，真实身份是间谍。这个人……看起来很面熟，是不是曾经在外交晚会上见过？可是这个人看起来有点儿别扭。他的头发和额头有点儿松懈，而脸部的肌肉又太明显了。在舞厅里乱闪的灯光下，他的皮肤看起来有点儿呈橘黄色。这不像是纯种俄国人。

"晚上好，"高尔基跟他打招呼说，"我可以坐下来吗？"

"晚上好，请坐。"

高尔基一屁股坐在他身旁，抓过他的酒瓶，给自己倒了一杯，一饮而尽。乔布斯忽然警觉，觉得这个人可能有什么秘密要跟自己说。

"今天，你做证时，说得不错。"高尔基说，"你很诚实。"

"如果他们只想听听真话，那他们得到了。"乔布斯苦笑一声，"可惜他们并不需要这个。"

"他们已经……完成了程序。"高尔基把酒含在嘴里，慢慢地说，"决定在听证会之前就做好了，这个会议本身就是个幌子。"

"他们……决定了什么？"

高尔基看着狂欢的人群，说话的样子好像在自言自语："他们已经决定，7天之后，也就是下个星期六晚上，在洛基山下的原子加速中心，把原子宇宙A和对冲负粒子放进加速器。"

虽然并不太清楚物理名词，可是乔布斯还是冒出一身冷汗，酒醒了大半。

"这是什么意思？！"

高尔基伸出一根手指，示意他小声点儿。

"意思是，下个星期六晚上10点，原子宇宙A和负粒子将会在加速器里被加速到接近光速，然后互相碰撞，湮灭。这是正负粒子碰撞，是世界上最彻头彻尾的毁灭，什么都不会留下。原子宇宙？一瞬间就会消失得无影无踪，永不再现。"

乔布斯从没有喝醉过，可现在，他觉得自己在云端上飘，什么都抓不住，冷汗迅速布满全身。

"为什么？！"

"哦，因为在目前的情况下，我们这个世界无法派遣武装力量去那个宇宙，所以，赶在他们有可能消灭我们之前，我们必须做出最必要的反应——这就是所谓的先发制人原则，对付恐怖分子或者恐怖主义宇宙，都一样。"

"他们——疯了！"过了很久，他终于吐出一句话，可是又立刻觉得这句话太没有意义了……在这个世界上也许再也找不到有意义的语言来形容了。

他错了。祖鲁人有一句诅咒白人的话，足可以适用于宇宙间的一切恶事，可惜通晓多国语言的乔布斯博士恰恰不懂祖鲁语。

"很理智地疯了，"高尔基说，"但，这不是一个很好的课题吗？乔布斯博士？他们追问你，关于那个宇宙世界的道德问题。而你现在可以对这个宇宙的道德做出一个评价了。"

乔布斯半瘫痪地陷在沙发里，惊恐地望着他。

"告诉我，乔布斯博士，"高尔基凑近他的脸，一字一顿地问，"从目前你所收集到的资料上推测，我们这个宇宙的智慧种族是否可以完全排除具有侵略性、破坏及强迫其他宇宙种族的意愿？"

"你想要什么样的回答呢？"乔布斯问。

"真实的答案。"

乔布斯忘了自己是如何回答的。事实上，他忘了那天晚上所发生的一切，直到第二天晚上，他才在家中醒了过来。不知怎么的，睡梦中，他总是梦到一种橘黄色的灯笼，在眼前晃来晃去，晃来晃去。

关于原子宇宙的研究突然停止了。研究小组解散了。乔布斯回到斯坦福大学，他被告知，对所有的一切保持沉默。这倒并不很难，三人委员会在那天晚上招待会的酒里下了药，几乎没有什么人还记得清关于那次会议的事，而原子宇宙本身透露的消息又如此之少，根本就没有什么好泄密的。

一个星期之后，周末，乔布斯博士独自一人在家，无精打采地读《周末报》。报纸上说，由于遭遇前所未有的寒冬，国际原油市场剧烈波动，各成品油价格将普遍上涨。上涨多少？——下转第16版。

乔布斯博士没来得及翻到第16版。

9点40分，这个宇宙发生了一些怪事。宇宙晃了一晃，又晃了一晃。

在人类这个尺度上，没有人知道宇宙在晃。乔布斯却受到了宇宙的影响，突然想起一件事来……一张脸……一个问题……一个答案……

在宇宙面临毁灭之前，他终于明白了那个来自另一个宇宙的中等行星上的橘黄色间谍的来意。他发疯般地冲到客厅。这时候，客厅的墙壁已经毫无理由地变得完全透明，他看见了隔壁的金发美女在他面前洗澡。

他看了几秒钟——即使在宇宙即将毁灭之时，男人也是不可靠的。

他继续往前冲，抓起沙发上的电话，一边拨，一边回头看。

电话通了："你好，这里是白宫。"

"我要立刻和总统通电话！"

"你好，总统在戴维营度假，你可以参加……"

"见鬼！"乔布斯破口大骂起来，从他开始在大学研究道德体系以来，这是尘封多年的脏话第一次出口，他觉得肾上腺一阵爽快，"我是原子宇宙研究小组的乔布斯！我要立刻和总统通电话！！"

这时候，宇宙的震荡已经波及每一个人。金发美女惊叫起来。白宫接线员也跟着惊叫起来，宇宙在低声告诉她，电话另一端的人是真的有要事要找总统。

"请、请您等一分钟！"

乔布斯最后扭头看了那美女一眼，眼睁睁地看着她变成一堆2厘米×2厘米大小的麦片。

24秒之后，宇宙这颗原子结束了。

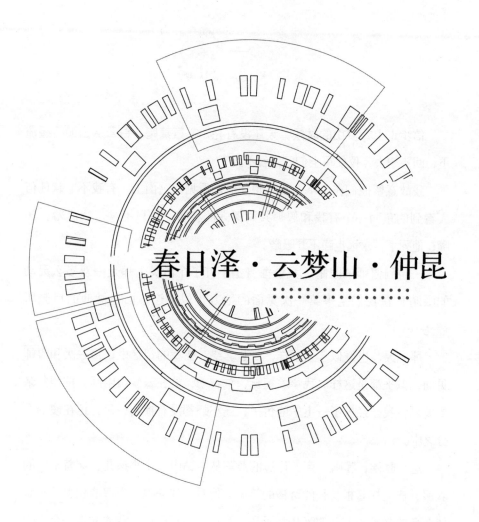

春日泽·云梦山·仲昆

一

　　信步走上云梦山的时候，天还没有亮，雾气蒸腾，白云从山巅缓缓流下，回头望去，仪仗军士们已经看不到了。

　　我故意留他们在山下，我不想让他们看见。这山上，有我不愿意任何人看到的东西……有我和偃师共同保守的秘密……只不过，我活着，闭嘴；他死了，永远也睁不开眼睛。

　　一想到偃师的眼睛，我就浑身上下打了个激灵。那是一双多么灵动的眼睛！在我们生平第一次见面的地方，似乎连水面也被他的目光所照亮……

　　那一天，也好似今天这样，云蒸雾绕。在我的记忆里，每一次和偃师见面，似乎都是这样。我穿着短裤，拿着矛，站在云梦山中间。按照父亲的要求，我已经抓了一上午的鱼了，连小虾都没有捉到一只，正在懊恼万分之中。

　　这个时候，哗啦一声，岸边的芦苇丛中钻出一个小孩儿，穿着平民的衣服，肩上扛着根长长的奇怪的竿子。他看了我一眼，那双清澈得几乎是淡蓝色的眸子中流动的光华吓了我一跳。许多年以后，我才知道一个人为什么会有那么明亮的眼睛。

　　"喂！"我转过脸，不看他的眼睛，不高兴地说，"你是谁，来这里做什么？”

虽然我只穿着短裤，但是短裤后面还绣着贵族的纹饰。这小孩儿也看出来了，笑眯眯地说："我来钓鱼啊，大人。"

这个小子看起来并不比我小几岁，可是叫我大人，我听起来还是比较舒坦的，脸上不由自主地浮出了笑。

"钓鱼？你用什么钓？"

他轻轻地扬了扬手中的竿子，从那竿子上顺溜溜地滑下一长串的浮漂、坠子、钩子，由一根细得几乎看不见的丝悬着，在空气中一悠一悠地荡着。

我哇的一声叫了出来："这是天子用的钓竿啊！"

"你见过王的钓竿？"小孩儿奇怪地问。

"上次郊祀的时候看见的，天子八宝之一。"我不无得意地说。

"你真厉害，能参加王的郊祀大典。"小孩儿羡慕地说。

其实这话应该反过来说才对。我只是随着父亲远远地看了一眼，而这个小孩儿自己就有一根。我们俩相互钦佩，就一道坐在芦苇丛下。

"你是哪儿的人？我是从王城来的，我叫姜无宇。"我神气活现地说。

"我就住在这山上，我叫偃师。"

"哈哈哈，对了，偃师……你几岁啊？"

"十三，你呢？"

"我十四了，明年就要娶妻生子。"我越发得意起来，转念一想，又把架子放下来。

"你这根竿是打哪儿来的？"

"我自己做的。"

我吞了口口水："你给我钓一条鱼吧。"

"为什么？你是贵族家，还用自己钓鱼吃？"

"我父亲要我钓的。我们家是兵家，如果不会抓鱼鸟，就不能学习狩猎；不能学狩猎，就不能学战阵，也就不能跟父亲上阵打仗。"我长长地叹了口气，"这个夏天过去，父亲就要带哥哥们去砍西狄人的脑袋了……"

"你喜欢砍人脑袋？"

"我喜欢砍人脑袋。"

"那好，"偃师转了转眼珠，"将来如果你斩下了西狄人的脑袋，送给我一颗，我就帮你钓鱼。"

"小小年纪，你要西狄人的脑袋干什么？"我瞥了他两眼。

"我只是想看看天下人的脑袋有什么不一样。"偃师淡淡地说。

这样，我就欠下了人情。可是吹的牛皮中到现在为止只有娶妻生子成了真。父亲在西狄打了大胜仗，擎天保驾之功；王赐婚于我大哥，我家的门第一夜之间从贵族成了王族。天下赖我父而太平，再也不用去出兵打仗了。

不过这并不妨碍我和偃师成为好朋友。他住在云梦山上，我一有空就去他那里。

算起来，我已经很久没来这里了。从那次以后就没有来过。我不知道自己为什么会再一次信步走上云梦山。上山的时候我思绪满腹，但路已经熟悉到不用眼睛看也能走完的程度。路几乎是自动地在脚下延伸着。

偃师非常聪明，我常常觉得他的聪明已经远远超越了我们的时代，超越了大周辽阔的疆域。他小小的一个人住在山上，却把自己周围的一切整理得井井有条。他的小屋里堆满了各种稀奇古怪的东西，一大半都是他自己动手做的。好玩儿的有会自己转圈的陀螺，会从架子上翻下来翻上去的木猴，会吱吱叫的木蝈蝈；也有有用的，如只有王室工匠才造得出的钓竿、木轮，可以自动抽丝的卷丝木架。随着年龄的日增月长，他屋子里的古怪东西越来越多。他十七岁的时候把流水引入了小屋底下，推动着一个叫作大水车的东西。这样，更多的东西如人兽一般活了起来，按动一个机关，就会有一个端着热茶的傀儡从墙壁后面转出来……这些东西随便放一两件到尘世中去，都会是稀世之宝，可是偃师从来没这样想过。我也没有，我只是闲暇时就到他的小屋中坐坐，小时候玩儿陀螺，长大了喝茶。

有一次我问偃师，为什么想要做这么多的东西？

他习惯性地淡淡一笑，用那种永远都不咸不淡的口气说："我只是想看看，这种东西做出来有什么意义。"

"你不打算让全天下人都见识你的本事吗？"我从傀儡手中接过茶，追问道。

"这个时代的人不会喜欢我的作品。"

我沉默了。不是因为说不过他，而是一种习惯性的沉默。偃师的脾气我清楚，他总是用他那冷冷的眼睛，把这世界看得扁扁的，这是一种孤芳自赏式的清高，和饿死在首阳山上的那两兄弟脾气近似。那两兄弟一边受朝廷褒奖，一边私底下被世人嘲笑。遇到偃师这样说话，我就闭嘴，免得把自己扯进尴尬里去。

"如果让王看到你的作品，他一定会把你召进宫去。"过了一会儿，我忍不住又说。

"我知道。"偃师淡淡地说，"可是我从来也没想过要做王臣。"

这话里隐隐含着不大看得起当官人的意思，这也就影射到了我。我勉强地沉默了。

偃师和我其实完全不是一个世界的人。可是奇怪的是，在很长的时间里，我能勉强容忍他的孤高，他也能勉强容忍我的世俗。我们待在一起的目的，似乎只是想要身边有一个影子，能够打发掉漫长的寂寞。

在家里，在人多的地方，我总觉得不自在。

那种不自在是与生俱来的，因为我有两个哥哥，两个盖世的英雄。他们和我的父亲一样，在神一般的光芒照耀下，在大周的天空中闪闪发光，而我成了典型的"灯下黑"。现在，大哥又出征了，如果再次胜利归来，我们家又将荣耀一时。而我，则会在巨烛下被烤得不成人形。与其那样，还不如与偃师一道在山峦间无聊地打发时间来得好。

于是我再也不说话，转头望向窗外。在这个薄云缭绕的早晨，天上的云彩沟壑纵横排列着，阳光如同金色的长蛇，在沟壑之间蜿蜒爬行。窗外稀疏婆娑的树林变成了剪影，默默站立在青光耀眼的天幕之下。

这是我永生难忘的景色。

二

我刚一踏进大门，迎面就走来了二哥和周公二人，我忙不迭地行礼。二哥脸上的笑容马上拉了下来，周公老头子则是笑容满面地把我扶起来。

"哟，看看，看看，这是老三吧？都这么大了……真是双喜临门，可巧的你就来了。"

我一脸假笑地看着二哥。二哥冷冷地看了我许久，才慢慢地说："你几天没回来，不知道朝廷和家里的大事。咱们的大哥又大胜了，王已经下令凯旋回都，还朝后还要赐予宝剑'征岚'……"他又看了我许久，仰头看天，道，"咱家一门也算是盛贵无边了，大哥和我都娶了公主，放着你也不好。宫里的旨意，可能要把王最小的流梳公主下嫁给你——你要争气！"

我连连点头，恨不能把心奉上，向二哥表达我的感谢之意。

二哥和周公联袂出门，又回过头来："上次你拿来的那个什么可折叠的军帐，大哥这次出兵用了，说还好用……你还有没有这些细枝末节的小东西，再拿些来看看。"

"那是我朋友做的，"我吓了一跳，"他……他并不想这些东西流传开，我……我……"

二哥哼了一声，眼光扫过来，我像被割倒的草一样弯下腰。等我抬起头来，二哥早已走得不见人影了。

"人其实是到不了最向往的天空的。"偃师怔怔地望着高高的天，说。

"就像王一样。"我站在他的身边，虚着眼睛看。我的视力不太好，而且天太高，也太亮，十分不适合我阴暗的眸子。

"我们所能做的就是接近它而已。"

"这也是我想要做到的。"我在心底，对自己说。

山后面终于传来了夷奴们气喘吁吁的号子声，我们俩同时回过身来，只见在山坡顶端的密林之中，大木鸢已经露出了它巨大的翅膀。

"好！看我的手势！"我在马上立起来，指挥身旁的夷奴拼命地挥舞着家族旗号，"看我的手势就放！"

"等一等！要看风向！"偃师也自马上立起，"风向现在不太对……等一下！"

"叫他们等一下……混蛋！怎么拉不稳？"我使劲往夷奴头上踢了一脚，"滚过去，叫他们给稳住！"

夷奴连滚带爬地还没冲出去十丈远，又一股罡风卷起，大木鸢在一众菜色的夷奴们头上高高扬起。嘣的一声，绳索断裂的声音整个山谷都听得见，大木鸢猛地一下拔地而起，接着头往下一沉，在那些搅乱我视线的夷奴们满天飞舞的胳膊腿脚中一闪而过，终于彻底地离开了山顶，在看不见的气流的推托之下，起起伏伏地沿着山谷向下飞去。

我们张大了嘴，过了好一会儿，才从震惊之中清醒过来。

"哈哈！飞起来了！真的飞起来了！阿偃！"我狂喜地喊起来，"居然飞起来了！这么重的东西也能飞起来！"

"只要能借风势，再重的东西都能飞起来。"偃师眼望着远远飘去的木鸢，轻轻地说。

我在心中千百遍地咀嚼着这句话，直到偃师忽然失声叫道："糟了！"

大木鸢没有绳子的牵引，飘飘荡荡地越飞越远，眼看就要越过另一边的山头，落到春日泽那边去了。在我哦哟一声、甩开马鞭的时候，偃师已经箭一般地直冲出去。我举着马鞭想了半晌，才想起是什么让我犹豫的。

"阿偃！不行啊，过了山头就不是咱们家的了，春日泽是王邑！"

山谷里空空的，只有我的夷奴傻呆呆地站在面前。我突然气不打一处来，没头没脑地赏了他一顿鞭子。

下一眼看见偃师，准确地说是看见大木鸢的时候，春日泽的晨雾正在渐渐淡去，但是阳光好像无论如何也射不进这个地方。这个地方现在由另一个东西照亮，那就是流梳公主。

流梳公主的銮驾是一辆巨大的红色马车，远远望去仿佛是漂浮在湖面上的小房子，其实是马车正停在春日泽清幽的湖边上。湖水微微荡漾，"红房子"和青衣仕女的倒影被撕扯得千奇百怪。

大木鸢就静静地漂浮在马车旁的水草中，可是我没有看见偃师。不可能，他明明比我先到。我手一挥，数十个夷奴呼啦啦地跪在泥水中。我踩着其中一个的背跳下马，快步走近銮驾，在一众仕女惊疑的眼光下，单腿跪地，朗声说道："臣，大司马姜黎第三子，明堂宫虎贲姜无宇，参见公主。"

车内有个清越的声音轻轻地啊了一声，我虽跪在地下，却也看得见周围的仕女们先是震惊，而后一个个掩嘴而笑。刹那间我也是面红过耳。

但这并不是来自羞涩的脸红，我的心中只有羞愤。关于流梳公主可能下嫁我家成为大司马家三儿媳的说法，在王城内早已不胫而走，可是又迟迟没有下文。我知道，这是二哥在故意地羞辱我，玩弄我，故意在半空中悬着一个似乎伸手可及的桃子，其实我就是跳起八丈高也挨不着桃子的边儿。二哥也许会在玩够之后把桃子丢给我，那要视乎我成为王婿之后会不会危及他大司徒的地位。

我把头埋得更低，想要说什么却又咽了回去。我几乎要放弃讨回木鸢的想法了。这个时候，门一响，偃师从里面躬身退了出来。

大木鸢最终也没有拿回来，因为偃师把它送给流梳公主了。这个小子，一点儿也不知道我和从未谋面的公主之间的牵扯，证明就是，在我俩不多的话题中，突然又多出个流梳公主来。偃师从来就不是一个有城府的人，所以那天晚上我们还没走到分手的地方，我就已经清楚地知道了公主的长发、扎头发的紫绳、白菊花的衣服，以及在昏暗的马车中闪闪发光的小手。我一边脸笑心不笑地听着，一边想该怎么向父亲和哥哥们解释今天发生的一切。如果让二哥知道我竟然擅自觐见了公主，不知道会拿什么好果子给我吃。一想到这里我的头就大了三分。

　　然而那天晚上，父亲和哥哥们同周公喝酒，很晚才回来。我忐忑不安地过了一个晚上，接着又过了十几个晚上。

　　什么事情也没有发生。宫里宫外没有人知道流梳公主的奇遇。二哥皮笑肉不笑地在我面前提到"从天而降的木鸢"，完全是一种嘲弄的眼光，他大概以为我会想到别的什么上去。而我，恰好也在希望他能想到别的什么上去。公主的名节与我无关，只要能得脱大难就行。

　　这一次见二哥，他对我比以往都要得意。

　　于是见偃师的日子向后挪了数十天，等我再一次上云梦山的时候，盛夏已经快要过去，山麓中已有片片秋叶。我还没进门就已经被吓了一跳，我派来负责照顾偃师的夷奴带给我一个震撼的消息：在这数十天里，偃师已经去了好几趟春日泽。

　　换一句话说，在我与二哥歪打正着的这段日子里，我最好的朋友和未来可能成为我夫人的公主已经偷偷地幽会了几次。呸！幽会，真是浪费这个词。偃师那个长不大的小子，哪知道什么叫作幽会！我心中一时间像打翻了五味瓶，忒不是滋味。

不过，这种感觉在我进屋里的那一会儿工夫就忘得干干净净了。就一阵没来，屋里就被许多我连见也没见过的东西塞得满满当当，我要从门厅走到里屋甚至还要爬过一大堆的木头架子。当我爬得正起劲的时候，架子上一只会叫的木鹦鹉哇的一声，吓了我一大跳。

偎师就站在里屋中间，笑吟吟地看着我狼狈地从架子上爬下。才一个多月没见，这小子好像忽然长大了一圈，脸色也红润起来。

我心里"咔"了一声，不过也不是如何的讨厌，说老实话我还是很高兴看到他的。

"喂，你这小子！"我装着很不乐意地嚷嚷，"你要搬家呀，弄得这屋里……嘿哟，你个坏东西！"我把一个跳出来的小木傀儡一巴掌打到一边去。

"我在做东西。"偎师说，"不知道为什么我最近忽然很想做东西，可惜一直都不知道做什么才是最好的。"

我知道你为什么忽然很想做东西，我心里想着。夷奴告诉我，这几次见面，偎师都送给流梳公主许多稀奇古怪的玩意儿，因此公主想要见到偎师的心情也就可想而知了。

"思春了吧。"我不经意地脱口而出，又赶紧捂住嘴。

还好偎师根本就没听清我说什么，兴致勃勃地在屋子里转来转去，给我看这一阵他的各种发明。

"你看，这是小木鸢……这是爬绳木猴……这是脚踩的抽丝架子……这是可以放出音乐的首饰盒。"

他拨弄了一下那盒子，盒子里就发出叮叮咚咚的声音，听起来像是铜锤敲在云片石上的声音——不过，管他呢，女孩子就喜欢这种没听头的声音，还管这叫音乐。我逐一地看，其实眼光根本就没有留意，支吾地答应着，直到我的目光在一片红色的刺激下猛地亮起来。

那是放在偓师床上枕头边的一块红色的丝帕。一方红色的丝帕，那红色，突然之间如同火一样在我的眼中燃烧起来。

这是一方女人的丝帕！在大周国中，除了王的近亲，还有谁能拥有如此华丽的丝帕？不知是什么感觉所为，我的嘴唇哆嗦了一下。

公主！

流梳公主！

看见自己未来夫人的手帕在好朋友的床上，应该是一种什么样的感觉？我不知道……我甚至都不知道自己在想什么……在我知道自己在想什么之前，第一个跳进我脑海中的竟然是我那狗头狗脑的二哥！

我由于控制不住心里翻江倒海的思绪而长长地吐着气，走开两步好冷静下来。公主，流梳公主，王的幼女。我的二哥忙着把公主变成我的枷锁，而且还要在那之前忙着看场我自己伸脖子跳绳套的好戏，这个混账！

"你看，这个这个，跳舞的娃娃，"偓师招呼我说，"这个好看吧？"

我走过去，木着脸，一伸手就把那个正蹦蹦跳跳的小木头娃娃扫到地上。偓师抬起头来，也被我眼中流露出的光芒吓了一大跳。

"你干什么？"

"你以为这些逗小孩儿的玩意儿能够骗到公主的欢心？"我冷冷地毫不掩饰地说道，"别傻了。"

偓师像是陡然间被人抽了一鞭子，脸先是一白，接着慢慢地红起来。

"听着，我们是朋友，就恕我口气不恭了。"我的口气纯粹是找碴儿，没有请人原谅的意思。"公主也不小了，今年十六岁，已经待嫁。"我把"待嫁"两个字吐得特别重，"你想想看，围着公主的都是些什么人？"

"你、你……我、我……"就这一下子，偃师就失去了往日高高在上、平淡冷漠的腔调，口气慌张得让我直想大声笑，"我没有……"

"你骗得了别人，还想骗过我？"我大笑着说，竭尽所能要摧毁偃师的气势，"你这些天做了什么事情，我会不知道？你会不告诉我？你看你的样子，又得意又害臊，呸！害什么臊！全都城的姑娘我都追遍了，我还不知道什么叫害臊哩！"

这也是我的风格，我就是理直气壮的一个俗人，不过今天，俗人的气势远远盖过了隐士的羞怯。我大声地说着，忽然发现其实在我的计划开始实施以前，就已经得到了意外的满足感。

我花了几个时辰把偃师摆平了。我大获全胜。我让他相信，要想得到流梳公主甜甜一笑简单，想要得到会心一笑难，除非他做出更动人的，或者说是最动人的奇珍异宝来。而这对偃师来说，应该不是什么难事。

"可是，做什么好呢？"偃师紧皱着眉想，"我不知道什么是最动人的东西。"

我也不知道。不过现在我正在气势上压着他，所以不能表现出没主见。我在屋里转来转去，不小心踩到的什么东西咕的一叫。

"人。"我把脚挪开，冷冷地看着脚下被踩扁的跳舞娃娃说。

"人？"

"对，一个真正的人。一个七尺高，穿着华丽的彩衣，会跟着音乐和歌声，自由地舞蹈的人——跳舞娃娃有什么稀罕？如果你能做出一个真人大小的跳舞娃娃来……"

僾师的眼睛直了。

"想想看，那将是前所未有的杰作，阿僾。从来没有人，可能将来也不会有人做得出来。没有哪个女孩子能抵挡住如此可怕、可畏、可爱的礼物。"

僾师从床上弹了起来。

"听着，这是你所能达到的最高成就，"我口气轻松地拍拍他肩膀，其实自己心里也为自己想出如此可怕的主意而颤抖，"有什么需要，尽管跟我说好了。"

我连蹦带跳地一进大门，浑身上下就是一哆嗦，赶紧夹手夹脚，低下头来，可是已经太晚了。

大哥和二哥两人脸青面黑地站在门厅中，大哥的一百多甲士环列四周，二哥手下的一百多官吏则聚拢在二哥身后。看样子两个人又吵架了。我最怕他们俩吵架，一个是手握重兵的大司马，一个是位高权重的大司徒，他们俩吵起来，整个大周都要战栗。所以他们一般很有理智，一旦相持不下，就拿小弟来出气。

问题是，他们只有我一个弟弟。

"到哪里去了？"大哥问。他问的时候，我都听得见周围甲士身上的盔甲和刀剑碰撞的声音。

"我……"我吓傻了。

"跟你说了，让你每天上朝跟我好好学习！"二哥不甘示弱地插进来，"一天到晚地往外面跑！你以为在外面跑野了，人家就尊重你，敬畏你?"我不用看，也知道他在眼睛瞧着大哥跟我说。

"我……我……"寒气直逼上来，我已经全身麻木，不知疼痒。哥哥们对我来说那种死神般的感觉，在我的肌肤上慢慢地爬着，激起一个一个的寒战。

"算了，你爱往外跑，也没什么。"大哥马上接过去，"我的部下禽滑励，你知道吧？如今是我的奉剑郎。"他把"奉剑"两个字吐得特别重，周围的人不由自主地把深深埋下的头又向下压一压，"我就把你托付给他，让他做你的剑术老师，跟他历练历练。将来，说不定咱家还有第二个有出息的呢！"

我的双腿狂抖。大哥当着众人面这样说，那是不可以更改的了。接下来，二哥还不知道怎么整治我呢。

二哥大概也没料到大哥一开口就抢了先机，沉默了一下说道："听着了……也不能光是贪玩好耍，荒废了政事！家里将来要辅佐天子成就千古不易之王道，要多出几个真正有知识、有能耐的！……你前几次拿来的那些东西，有的纯粹玩物丧志！……有几样还可以，或者能进献给王。你要用心搜罗些像样的。须知王在稀世芳物上面，也是很用心的！"

我突然反应过来，今天我其实是捡到大便宜了。两个哥哥忙着斗气，一个不留神把话说岔了，这样岔来岔去就变成争着抢我了！

"是……是……弟弟听……听着了……"我恨不能趴到地下去，压低了嗓子说。两个哥哥站在上方，都抢着"嗯"了一声，表明我是在跟他说话。

几百双脚从我身边哗啦哗啦地走过。我低着头站在那里，觉得那脚步声和扇人耳光的声音也差不到哪里去。

禽滑励是个高大的人，事实上整个大周也找不出比他更高大的人了。和他一起走，我觉得仿佛又回到了几岁的时候走在两个成年哥哥身边的感觉。那可不是什么好感觉，所以我骑在马上，让他走路。

　　他就走。他慢慢地走着，我的马走路追不上，跑又太快了，只有一路小跑，颠得我差点儿没当场就吐马一脖子。所以进偃师的小屋坐下的时候，还翻江倒海地晕着。

　　偃师没有留意我的不适。他根本就不会再留意任何东西。这一个月来，他的小屋里不再摆放无聊的东西，全部被丝线、木棍、青铜所占据。我向大周四方派出的快马几乎充斥每一条驰道，不断地向全国最好的丝匠、青铜匠、木匠发出惊人的订单。我甚至还把召公大人送给我的生日礼物——来自西狄的犀牛筋也拿了出来。偃师不停地画，不停地修改着设计，京城大道上就不停地出现跑死的马和夷奴。我不管这些。我也不叫偃师管。我有决心，要实行我的计划。

　　但设计也是非常困难的。从来没有听说有人曾经做出一只兽、一只鸟，甚至一条鱼，更何况是人！我在冷静下来之后才被自己一时冲动的念头吓坏了，可是偃师冷静下来之后就开始全力以赴地实施这个计划，仿佛这只是另一项他已经轻车熟路的发明罢了。

　　这只是表面上的，我知道。偃师不是那种把困难挂在嘴边的人，所以要看这事如何复杂繁难，只需要把偃师挂起来称称就知道了。他在一个月内就瘦了至少十斤，但这一个多月的时间里他就画出了一个戴着青铜面具的人偶。这个人偶是一具威武的男性身躯。它的皮肤由最好的丝布密密层层地织成，中间镶进长长的铜线，又坚固又耐磨；它的肉身是用轻薄的羽

086

绒填充，因为偃师要它跳舞，不能把它设计得太重。

可是接下来的肌肉，实在是个大问题，偃师不眠不休地考虑了很久。什么东西能够提供动力？什么东西能将动力传导到全身的每一处，并且强韧、稳定而精确呢？在我们这个时代，连人都做不到这一点。但没有肌肉，这个想当然的最好的人偶就连一个半尺高的跳舞娃娃都不如。

我忽然有些气馁。这是不是太过分了？我是不是被报复的执念冲昏了头，竟然想出如此不合情理的办法？

秋天已经降临，流梳公主再也没有出现过，我至今连一面也没见过她。而我身边的这个人，已经为了见到她而努力了两个月了。流梳公主到底长成什么样子呢？我坐在门厅里，一面长一口短一口地出着气，一面想。

突然，脖子上感觉凉凉的，我本能地想动，但马上那凉意就渗进了肌肤里。我立刻全身僵直。斜眼看下去，奇怪，并没有任何东西在我的脖子上。

我定了定神，缓缓地转换身体位置，最后终于发现，那股凉意竟然是从木墙外面透进来的。我跳下椅子，哗地拉开门，禽滑励那张巨大的木然的脸镇静地看着我。

我看着他的手，手上拿着剑。

是这把剑的寒气，穿出剑鞘，透过了云梦山的冬雪都透不过的厚厚楠木墙，刺到我的脖子上。我看着这把剑，感觉就像有小刀在刮全身的骨头似的。

"征……征岚剑？"

禽滑励咧开那张巨大的嘴，笑了笑。

"好厉害……好厉害……"我强压住心头剧烈的震撼,细细地看那剑,虽然还包在蛇皮软鞘之中,但还是隐隐能看见光华流动。好可怕的剑气,不愧为天子八宝之一。

"拔出来,我看一看。"

禽滑励报以一个简单而坚定不移的微笑。

我伸手去拿,他轻轻地后退,那硕大的身躯不知怎的一转,我就扑了个空。大冷的天,我的额头一下子见汗了。我这才想起,禽滑励是大周除了我大哥之外的第二高手。传说他力大无比,能够一手掀翻三辆战车;也有传说他在袭破徐城当夜,手刃三十多人,勇冠三军。

传说都是假的,知道真相的人就那么几个。这个人是大周第二高手,但绝不是依靠蛮力。他的剑术得自我大哥的师父的真传。按照大哥的说法,应该还在他之上。只可惜他出身低贱,无论怎样受我大哥重视,始终也无法爬上高位。

另外一个传说当然也是假的。那天晚上他没有杀三十多人——他一个人从北城杀到南城,人们拼凑得起来的尸骸一共超过三百具。

要想让禽滑励拔出征岚剑,看上那么一眼,只能用命去换。这种听起来可笑的笑话,并没有帮助我在这初冬料峭的寒风中笑出来。我咳嗽两声,打算换一个办法。

就在这个时候,从身后屋里传来了轰的一声响,风声大作。我没来得及转身,禽滑励哇地一叫,径直掠过我的身旁,跟着就是"砰""砰砰"几声。

接下来的事情,我还以为是被征岚剑的剑气伤了眼睛。用一根竹篙和天下第二高手打斗的,竟然是一个半人高的竹箱子!

那箱子做得奇怪，中间方方正正，下面四条木腿跳来跳去，带动箱子以一种奇怪的姿势灵活地闪避着，而箱子上方则是两只用棉布紧紧裹住的粗壮的手臂，支着一根竹篙，你来我往，一招一式直往禽滑励身上招呼！

我开始使劲捏自己的大腿，快要拧出血了，还是一点儿也没感觉到疼。

不过，禽滑励毕竟是禽滑励，面对着鬼魅般飘忽的对手，我敢说他甚至还没有开始认真地打，他只是轻松地挥舞着没出鞘的剑，逗着玩儿似的把那小箱子拨来拨去。我看准时机，慢慢地靠近他的身后。

禽滑励完全没在乎我摸到他的身后。这个人像浑身长着眼睛似的。他知道我对他手里的剑不怀好意，但不在乎我。好在我对这种轻蔑早已习惯，甚至甘之如饴了。

就在这当儿，那箱子呼地往左一跳，竹篙横扫。我知道，它肯定马上就要往回跳，因为这两下子已经被用过三遍了。对这小儿科般的玩意儿禽滑励已经不耐烦了，所以他这一次并未跟进，而是简单一剑直劈前方。那傻乎乎的箱子果然又往回跳，就像是自己跳到禽滑励的剑下一般，哗的一声，被一劈两段。

这世上总有些有心人，他们关注的是人，而不是事情，因为只有关注人才可以找出人的破绽。那一刻我死死地盯住禽滑励，无论箱子里跳出来的是什么，根本连我的眼角都进不了。

事实上，从箱子里跳出来的，只是一只兔子。

"禽滑励——"我高声喊道，用尽全身力气将高举起的剑重重地劈向他的后背。

一只兔子！

还有什么比在沙场上看到和你决斗的对手是一只兔子来得更滑稽的？

一个绝顶的高手可以泰山崩于前而面不改色，但我不相信有人看到兔子跳出来会不笑出来的。

禽滑励没有笑，但这种震撼远远超过泰山崩于面前。我等待的，就是这个时刻。

当我的剑几乎快要挨到那扇宽阔厚重的背的时候，一道白光打消了我的欲望，却也成全了我的愿望——

宝剑征岚拔出来了。

这是我很久以后才看清楚的事情。在那把剑只出鞘了很短的一刹那，我身上穿的青铜甲和我断成七八截的残剑就一起飞得满地都是。

我站在原地，剑气的余韵让我足有一刻钟喘不过气来。禽滑励发疯般地用他的巨掌在我身上乱摸，看看有什么划伤。其实没有。我很幸运，他很准确，这一剑只贴着我肌肤过去，但那寒气已透过了我全身。很多年过去，物是人非，只有我的寒疴逐年沉重。

征岚剑的一划，划过了我一生的岁月。

"这就是肌肉？"

"这就是肌肉。"

我裹在厚厚的貂毛大衣里，一面喝着滚烫的姜汤，一面惊讶地看着那只活蹦乱跳的兔子。偃师把它搂在怀里，爱惜地摸着它的软毛。

"你用兔子来做肌肉？"

"兔子是动力。"偃师解释说，"这还只是原型。我用你送我的犀牛筋做抽动的肌腱，再做了和大水车相似的齿轮滚盘，也用犀牛筋绷紧。绷紧的犀牛筋会舒张，释出动力。"

他给我看箱子里已被砍坏了的滚轮。那个滚轮像个圆圆的笼子,有几根犀牛筋穿过它,又连接在齿轮盘上。他拍拍小兔:"这个家伙,就是动力。它不停地跑动,可以不断地上紧、释放牛筋,不停地补充肌腱的张力,而它的运动又可以通过这些丝线,传递到齿轮上。"

那些齿轮就可以控制犀牛筋的松紧扭曲,就这样,一只藏在箱子里的兔子,就在初雪下来的那个早上,向大周第二的猛士挑战了。

我吐出姜汤,哈哈大笑起来。偃师丢开兔子,任那小家伙在屋里上蹿下跳,也捂着肚子大笑。禽滑励站在屋外纷纷扬扬的初雪中,一开始没头没脑地看着我们,终于也开怀大笑起来。

这是我一生中最开心的大笑,我从来不知道竟会有如此的开心愉悦。如果我知道我这一生中再也不会如此快乐,我会不会珍惜地把那段感情节省下来,留待以后沉闷时消遣呢?我不知道。我只知道,我和最好的朋友、最忠实的部下,开心地大笑着……其实,这也够了。

我不喜欢开心得太久。

接下来的两个月,道路上再次充斥着南下北上的采购大军。最好的齿轮、最好的布匹,甚至直接装载着最好工匠的马车不断地汇聚到王城旁的这个小小山麓。偃师进展神速。每一次去看,青铜人都往上长一截,它的大腿、小腿、手臂,放得满地都是,不停地被装上拆下。每一次拆下再装上,都离成功前进了一大截。偃师的想法,是要这个舞者跳出最华丽、最踊跃的舞姿,我也是这么想的。而青铜人的身体内只放得下小的东西,如兔子、老鼠一类的东西。

为了老鼠跳舞的事,不知费了我多少心力,最后终于放弃了。老鼠是不能跳舞的,就像有的人永远也当不了大司马一样。

那一天降下了多少年来最大的一场雪。我和禽滑励待在小屋外的竹林里。我不停地跳来跳去取暖，禽滑励一动不动地坐着，几乎被雪掩埋。于是我想出个主意，让禽滑励劈柴玩儿。当然，经过那次事后，禽滑励再也不敢在陪同我出来的时候带征岚剑了，不过他对我的任性也多少有了了解，所以通常情况下是不敢违背我的意愿的，哪怕只是开个玩笑。

　　我们从小屋旁搬了许多的粗大木桩，摆在雪地里。禽滑励偏袒右肩，在漫天的飞雪中犹如一尊巨神，高举着斧头，哗地劈下，被劈成两半的木头通常要飞出去五六丈远。

　　我拿了根长长的竹篙，站在禽滑励身后，高喊一声"禽滑励"，然后砍下去。禽滑励大喝一声，如一座山般转过身来，卷起遮天蔽日的雪尘，然后唰的一声把我手中的竹篙切成两半。

　　我倒在雪地上，一面胡乱地扒拉着脸上的雪，一面和禽滑励一道笑得直抖。我们乐此不疲地重复着诸如此类的游戏。

　　小屋的门一下被推开，一道黄色的轻烟嗖地窜进了竹林，偃师大呼大叫地追出来。那是一只名叫桐音的黄鹂鸟，是我去年送给偃师的礼物，不知道为什么会跑掉。我丢下禽滑励，连滚带爬地追出去。一时之间，整座山谷中都是我乱窜的夷奴们。

　　那鸟的声音清越出谷，在一处山崖下面啾啾地叫着。我和偃师凝神屏气，轻手轻脚地走近，眼看着那丛被大雪掩盖的冬青下一动一动的，我们俩不约而同地扑了上去，啾地一下就把这小东西捏在手心里了。压在竹顶的大雪重重地落下，让我们俩动弹不得。

　　"这就是心脏？"

　　"这就是心脏。"

　　我把小黄鹂捧在手心里，转来转去地看，忽然说："要找个好的驯鸟人很容易，可是桐音已经太大了呀！"

"你的脑筋转得很快。"偃师说，"这是我刚刚才想出的办法。我把动力与控制行动的心脏分开来：驯导这样的一只黄鹂，让它学会听着音乐起舞；然后调整机关人身体里的构造，把牵引丝线和机关人全身联系起来，机关人就能随着它起舞。一只黄鹂跳出的舞蹈，节奏一定是最好最优美的。"

我张大了嘴，先是傻傻地，然后是会心地笑起来。那个时候，我真的很爱笑。

当天下午，冒着张不开眼的大风雪，数十骑快马又出发前往大周四方。

所有的事情都有个结果。偃师是一个喜欢过程的人，我只在乎结果。

所以，在那将近半年的过程中，偃师得到了极大的满足，而我则被漫长难耐的等待折磨得够呛。还好，在这不长的时间里我总算有了为数不多的几个朋友，哪怕是暂时的也好。他们陪伴我度过长冬。

春天来临了。

位于山阳面的春日泽最先被春天踏中。山这边的雪还未化尽，那边几乎在一夜之间，青幽幽的春草便覆盖了黑沉沉的沼泽。露出草盖的那些湖泊也日渐清澈明亮。春天来到，再见流梳公主的日子，不远了。

说起来，我还从未见过流梳公主，那个不知不觉间成了我的未婚妻，又不知不觉间成了我向哥哥们报复的工具的女人。偃师似乎跟我提起过她，不过……算了，我没有印象了。

二月中，桐音已经会和着黄钟大吕跳舞唱歌。一直到三月十一日，那个由机关构成、十一只小松鼠推动，由一只黄鹂指挥的青铜人仲昆也会跟着那悠扬浑厚的颂歌，在竹海中翩翩起舞了。

旷世的作品，在冬季完全过去之后，完成了。

四月初五，小草已不再是青嫩嫩的，而是绿油油地长在满山遍野。从云梦山到春日泽，到处都是一片繁华夏季的景象。流梳公主的音信，也再一次越过那条山脊传了过来。屈指一算已有半年多没有见到公主，偃师虽然还是淡淡的，可我知道，他的心里一定是火热的。我曾经为我所做的感到愧疚，可是想想结果，又觉得这样做最好。偃师是我最好的朋友，我能成全一个是一个吧。

那一天，是北方的使者前来朝见王的日子。天上的流云仿佛也是从北方匆匆赶来的，高高的，白白的，带着夏季罕有的凉气。

我们等在春日泽上一次见到公主的地方。可是，一直到太阳落山，公主的凤驾才缓缓地出现在视野里。

我已经下定决心，不再见公主。所以我只是带着我的夷奴们跪在地上，口中称臣之后就伏下身子。偃师带着仲昆站在水边。那机关人穿着华丽的衣服，如同一尊雕塑般一动不动地站着。暮色下，水中倒映着它的身躯，让我好多次都几乎要把它当成一个真人。

他们很久没见，这一次相见非同小可，所以谈了很长的时间。我坐在夷奴们搭起的帐篷里，吃着烫牛肉，心里还很得意。哼，自己的未婚妻和别的男人相谈甚欢，我也很得意，这叫什么世道……

不知道是什么时刻了，我已有些上头，就不再喝。为了不打搅到公主，我不准夷奴们放肆，所以一不喝酒，帐篷里就安安静静。月亮大概也已经上来了吧！我枯坐着，外面潺潺的流水声都几乎成了一种恼人的噪声。我只有继续喝酒。月亮还没上来吗？外面却隐隐地传来一阵悠扬的歌声……我越来越烦闷，提起酒壶——已经空空的了。

我顺手把酒壶摔在小心翼翼靠上来的夷奴脸上。不扔还好，这一扔让我再也控制不住自己的情绪。我跳起来，烦躁地在帐篷里转了两圈——天知道怎么回事，几乎没有经过脑子，我一抬脚，走出了帐篷。

第一眼，我的胸口就如同被重重一击。在广阔的春日泽草原的上方，不太高的地方，一轮硕大无朋的圆月，仿佛君临整个天地一般悬垂着。那月亮的光华！我被酒刺激得红肿的眼睛几乎无法直视，不禁惨叫了一声，低下头来。我清清楚楚地看见了自己猥琐的影子，在月光下扭曲着，颤动着。月光！从来没有过如此强烈，如此摄人心魄的月光！我的酒马上变成一身的冷汗。

我喘了半天气，才仓皇地抬起头，看不见那些卑微的夷奴，却看见在湖的对岸，公主的红房子旁，同样是被月光照得白花花的地上，一群霓衣流彩的宫娥们，围着三个人……不，是两个人和一个傀儡，在舞着，唱着。歌声在微风习习的草原上传出去很远很远……我痴痴地站着，直到那两人中的一个，一个云鬓高耸、黑发及肩，穿着白菊花样衣服的少女，从地下站起，亭亭玉立地站在场中。

歌声和着我脑海中的一切迷茫困惑，转眼间消失得无影无踪。

公主！

流梳公主！

我知道，我张开嘴很难看，在喝得大醉之后甚至可以说是猥琐，但我的嘴还是不由自主地张大了。我肆无忌惮地看着流梳公主。我知道她是绝对不会往这边看上一眼的。我佝偻着身躯，无意识地往湖里走。

我看见公主立在月亮下。但不是月光照亮她的，是她照亮了四周。从她那漆黑的乌发上闪烁出的光芒，在黑沉沉的湖泊里荡起一道又一道的光的波浪。她的白菊花衣裙，在夜色下发着寒森森的光彩。她那雪白的小手吸引着我的目光。我几乎凌乱了。

仲昆就站在她身旁。当公主的歌声唱起来的时候，机关人就开始舞蹈。和着极其准确而飘逸的节拍，机关人在娇小的公主身旁穿梭来往。公主清扬的歌声划过草原，划过水面，我像是被打倒，身子一歪，半躺在冰冷的水中。我的意识迅速地陷于朦胧和混乱，只感到月亮越来越大，越来越苍白，公主的歌声越来越高，越来越出尘入云，仲昆的身形也越来越飘忽不定……在彻底昏过去以前，我生出了一个决定和一个结论：

那个决定就是，我要迎娶流梳公主；而那个结论就是，我最好的朋友，已经被我推到了我自己的前面。

"你去看公主了？"

二哥冷冷的声音从身后传来。我一下就从头冷到了脚。

夷奴们慌乱地跪了下去。我心乱如麻，恨不得自己也跟着跪下。可是我不能。我只能弯腰低头地站着，比趴在地下还难受。

二哥慢慢走到我的身后，我看不见他脸上的表情，所以更加惶恐。

"你居然去看公主。你好大胆。"

"我我我……我我……"

二哥忽然咯咯咯地像只母鸡一样笑了起来，声音如同刮锅底一样刺耳，但我宁可他笑，因为通常他说的话比世上任何声音都刺耳。

果然，他说："可惜呀，你也是去看戏的。公主没你的份儿，本来就没你的份儿……现在好了，有了新欢了，哈哈哈哈……"

我的心被刺得乱跳，不过反而镇定下来了，索性去想待会儿把哪个不长眼的夷奴打死出气。一想到我怕二哥，现在趴在地下的夷奴们心里何尝不是怕得发抖？我都想笑出来。我真的笑出来了。

"嘿嘿，二哥，您……"

二哥围着我转，像是在打量自己的猎物。见到我笑，他愣了一下，脸迅速变青了。

"很高兴，是吧？还有得乐呢。"他连连冷笑着说，"索性我就上奏王，让他把流梳公主嫁给那小子得了，嘿嘿，嘿嘿。那是哪一家的长子啊？"

"偃家。"我越笑越欢。

"偃家？是哪一家？没有听说过。"

"只是国人平民，家道微寒，当然不入二哥您的眼。"我喜笑颜开地等着看二哥的表情。

那表情，就像是被蚂蟥叮了一口。二哥苍白瘦削的脸上的肌肉一缩，要多难看有多难看。

"国人，怎么会是国人！地位寒微之人，你竟敢随便带入春日泽王邑！你好大的胆子！"

"是，是是！"

二哥五官都扭曲了。我心花怒放。

"你做事大胆！你混账！你……你小子还把大哥的征岚剑拔出来玩儿过吧？你不要小命了！你以为，我拿你没办法，老大会放过你？谁动那把剑，谁就是死罪，那是王的赐剑！等到老大死了，剑还是要交回去的。那是天子的御剑！"

二哥冲我脸上唾了一口，往日温文尔雅的大司徒风范一扫而光。我开始笑不出来了。

"等着瞧！老大就要从西狄回来……这回说是胜了，其实是败仗，正没地儿出气呢……嘿嘿，嘿嘿！"

我额头上的汗哒的一声滴在青楠木地板上，仿佛迅速蒸腾起一股轻烟。

二哥呼哧呼哧地喘了几口气，再一次用他的三角眼恶狠狠地盯着我。

"你说，你跟我说。"

"二……"

"你的那些玩意儿，是不是从那姓偃的小子那里弄来的，嗯？"

"不是！"

"别骗我，我都知道。"二哥根本就不相信我仓皇的回答，"我的人看见了。"

"听说……你们在春日泽的湖畔，还用一个真人大小的傀儡给公主表演？"

我的头里嗡的一声，之后我便什么都听不见了，连我自己说了什么都不知道。

"没有？老三……我只给你一次机会。我不讨厌人骗我，但我不许你骗我。"二哥的声音和我的心一道寒下去，寒下去……"你说，你是想落在我手里，还是想落在老大的手里，嗯？"

我不知道该怎么回答。也许我的回答会是我愿意落在鬼怪的手里。但这种答案说得出口吗？我不怕哥哥生气。我怕我自己承受不了这个答案。

"二哥……二哥……"

二哥很欣赏地看着我惶恐地落下眼泪。他起码欣赏了半个时辰，我的声音都快沙哑了，他才冷笑着开了口。

"王，过两个月要举行郊祀大典，顺便迎接咱们老大凯旋。各方的诸侯都要贡上最新的金银宝物。这都是俗套，我知道。"他凑近我的脸，恶狠狠地看着我的眼睛，"所以我要进贡最好的东西。老大吃了败仗，我贡上最好的，也许永远也没人能进贡的宝物，这一下老大就要被压下去了……老大被压下去，对你有好处，对吧？你的哥哥里头，除了我，还有谁照顾你？"

"二哥……二哥……"

"你把那个东西给我弄来。"他用不容置疑的口气，很快地说。

我的脖子不由自主往下一缩。

"我就要那个东西。那是至宝。在那一天以前，不管你用什么办法，总之，我要得到那个东西。"

我心如死一般的静寂，甚至可以说，像河里的石头一样渐渐地坚硬冰冷起来。

二哥瞥了我一眼，确信我已经听懂了，这才满意地点了点头，像一只捉弄完耗子的猫，一步一摇地走开了。

之后，我很久都没有去云梦山和春日泽。我把自己关在一个只有少数人知道的地方。等我积攒起勇气去那里的时候，六月已经过去，秋天的金黄已经布满大地。

从来没有以如此沉重的心情和如此坚定的决心走上云梦山。这两个月来，我变了很多。首先是瘦了，也更黑了。站在偃师的身边，我觉得自己形容枯槁，不堪一看。

偃师容光焕发。我从来不知道一个人可以变化这么大。这一次甚至比上次还要明显。两个月来，偃师与流梳公主幽会的次数越来越多，通常都是在月光下，和着仲昆的舞步唱歌，流连忘返。我很清楚。被我派去，然后回来被我打死的夷奴已经超过十人。

在山下的时候我还不知道该怎么面对他，可是真的面对他了，也不过就这么回事。我突然变得坦然起来。

"听说你们最近经常见面，怎么样，公主还喜欢仲昆吧？"

"嗯，嗯！"偃师含笑着点头，他一点儿也没问起我当夜的不辞而别和这两个月来的经历。没关系，我也根本不打算向他解释。

"可惜呀……"我只是长叹着说。

"可惜？"

"是啊，"我很惊讶地看着他，"你不会不知道她是公主吧？"

"是啊，她是公主。"不知是不是意识到什么，偃师的脸色一下黯淡下来。很好，我喜欢看。

"她是公主。公主的意思就是天子嫁女，公爵以上主婚。连主婚的都是公爵。"我瞥了他一眼，"你是什么？"

一股红晕直冲上偃师的脑门。我就知道会这样。

"你现在还什么都不是，"我拍拍他的手说，"可是我早就劝过你。如果你早把你做的东西进献给王，也许你早已进了宫，做起御用大官来，那就勉强可以说得了……可是你，唉……"

于是另外一股红晕涌上了偃师的脑门。没关系，我也喜欢这样。我早就在想着这一天了。

"我不想……"

"你当然不想。我知道你不想。可是现在说这些有用吗？你喜欢公主吧？"

"嗯……可是……"

"可是公主也喜欢你。"我打断他的话说，"公主从来没有喜欢过一个人。她只喜欢你。因为你不同寻常。是，我市侩。你呢，你住在云梦山上。你简直就是一团云，一团雾。公主喜欢这样的，女孩子都喜欢。"我点点头说："你也能给公主快乐。从来没有人能给公主快乐。你能。因为你聪明。你聪明得超越了时代。女孩子就喜欢这样的。"

一旦破开了口，偎师从来没有说得过我的纪录。我很痞，这就足够了。白云是不会和泥巴较劲的。我知道偎师说不过我。而且这一次，我找准了他的软肋。虽然我的小命还在别人手里攥着，我却已经在另一边享受把别人玩弄于股掌的快乐。很多年以后我才意识到，对于这种快乐的向往是我与生俱来的天性。

"还不晚。"我看着天边的红霞说。红霞的下面就是春日泽。

偎师没有看我。他愣愣地望着落日的方向。

"有一个东西，能够让你一下直升九重天。"我说，"仲昆。"

偎师的脸抽动了一下，可是还是看着天边。

"下个月，王就要郊祀，那是一年中最重大的日子，各方的诸侯都会云集都城，参加这盛会。盛会上展示各地送来的贡品，无非是什么生绢啦，包茅啦，地瓜啦，每年都见的土特产，一点儿新意都没有。王看烦了，连送的人都送烦了。

"可是今年郊祀不会一样。今年会是难忘的一年。因为在郊祀大典上，将会出现一场不同寻常的，从来没有过，也许永远也不会再有的舞蹈。这场舞将由王的幼女流梳公主亲自领唱，而舞者嘛……"

我偷眼看看偎师。他极力地忍耐着，可嘴角还是在痉挛般地抽搐。

"是一个从来没有过的人形，一个机关，一个傀儡。一个能动，能跳，能舞蹈，却是由木棍皮革做成的舞者——仲昆。"

我放松了口气，轻描淡写地说："这是从来没有过的事情。甚至可能超过化人大人^①带给王的震撼。是的。王会被震撼得说不出话来，诸侯会目瞪口呆，百官会吓得屁滚尿流。

"只有你，阿偃。普天之下只有你做得到。以大周今日的国力，王如果听到西狄三十六国同时大举入侵的消息，也只会一笑置之。只有你和你的仲昆能让王感到新奇、惊讶，感到世界之奇妙。你不知道，生活在明堂宫里的人们已经很久没有这样的消遣了。"

我故意把"享受"说成是消遣，是想气一气偃师。果然，他的脸马上就白了。

"所以这将是无可比拟的盛事。王一定会大喜，一定会。他一定会召见你，一定会的。如果你求娶流梳公主……"

偃师的眼里放出光来。

"一定会。"

三个字，我用尽了我这辈子全部的感情和激动。

四

领我上台的宫女慌慌张张的，没一点儿王家气派，我不由自主地跟着慌乱起来。这可是我生平第一次坐在离王那么近的位置。我紧紧抓着袍脚，生怕一脚踩到。我的头压得很低，以至差点儿撞上站在台边主持大典

---

① 出自《列子·周穆王第三》："周穆王时，西极之国有化人来，入水火，贯金石；反山川，移城邑；乘虚不坠，触实不碍。千变万化，不可穷极。既已变物之形，又且易人之虑。"

的召公。

他看了我一眼，我的心迅速安定下来。

然后我就看见了大哥。几个月不见，大哥更黑了，更瘦了。国人都知道他打了大胜仗，只有少数的人知道其实是败得狼狈不堪。所以人人都可以望着他笑，望着他流露出崇拜的眼神，甚至跟他拉近乎，说"恭贺大捷"、"威加海内"之类的套话，我不能。我知道要是看大哥的眼神稍有不对，他可能马上就会把我的眼珠子抠出。我尽量弯下腰，让大哥以为我是在行礼而没有看他。故意不看他，也是要掉脑袋的。

我一刻也不敢多待，赶紧坐到台边上自己的位置上。从那个角落里恰好可以看得见屏风后面的些许动静。我看见那不小心露出来的木剑的剑柄。

那是仲昆的佩剑。为了给大王表演，仲昆已经习武了。

"为什么要仲昆练剑？"偃师不解地问我。

"你以为大王是什么？是小孩子吗？大王威扬四海已经四十余年！前有化人大人带他游历天宫天堂，后有西王母带他游历昆仑，什么稀罕舞蹈声色他没有见过？你在他的郊祀大典表演莺歌燕舞，大王看了笑都难得一笑！"

"所以咱们得表演大王最喜欢看的东西。最近，我大哥又在西狄大胜，因此这次郊祀其实是借个名义慰劳我大哥，迎接三军凯旋。这种时候要突出气氛——"我望着偃师的眼睛，严厉地说，"要让仲昆习武，要它练剑。要它在郊祀的大典上，一个人表演精彩的剑舞，才算得上是正合时宜，才能代表大王向四方来的诸侯晓示国威。"

"你想想看，这是多么大的荣耀和面子！这从来都是大王的仪仗队来完成的，我求我二哥，又求了周公，这才安排下来。你以为谁都可以上台表演的吗？"

偃师沉默了。这是他从未见识过的世界。他在云梦山上可以呼风唤雨，可是在这人间，如果我的夷奴不跑死几十个，他连一个配件都不能拿到手。他不是这个时代的人，我再一次想。

"可是，我不会。"

"你不会？"

"我不会舞剑。我的鸟也不会。"

"咱们再找找看有没有好的驯鸟师。"

"不是驯鸟师的问题。"偃师说，"鸟和松鼠是动物，它们是无论如何都不会人类的把戏的，更不可能学会舞剑。"

"那怎么办？"我不耐烦地问。

偃师静静地看着远方慢慢沉下去的落日。

"除非……"

"除非？除非什么？"

偃师的脸上突然变得通红。他犹豫了半天，在我的一再催促下，才说："除非用人。"

"用人！"

"用人心……用人心做机关人的心……心是灵魂的容器，黄鹂鸟的心里只有舞蹈和歌声，而人的心里有人的一切技能、力量和坚韧……都能在机关人的身体里发挥出来……如果要舞剑……"偃师被自己的话吓到了。他的话开始语无伦次，脸色红了又白，白了又红。

"人心……"我沉吟了一会儿，"人心怎么能放进到仲昆的身体里去？人的心离开了身体，不就死了吗？"

"不会死！"偃师大声喊了出来，"不会……心的生死要视身体的生

104

死……只要承载心的容器不死，心就能永生不死！

"我的仲昆是独一无二的……也许永远也不会再有……它虽然只是皮革木偶，但是我相信，它是没有生死的……永远也不会死……不会死……"

他的声音渐渐低落下去，可是我的心却越来越平和舒坦。

"我们当然有的是人心。"我信口说道，"大哥打了大胜仗，带回来很多的俘虏。这些俘虏下个月就会被通通处决在郊祀的大典上。不过我可以提前从里面挑出一两个来……"

我拍拍他的肩膀，好像从前安慰他一样："这不是什么大事。反正那些俘虏都要死，让他们的心脏能够与不老不死的机关人一道活下去，对他们来说何尝不是乐事？放心……放心……"

"大周天子，代天巡狩，文武德配，威加四海，怀柔八方，"传来了召公中气十足的颂咏，把我从深深的回忆中拉回来，"狄、夷、羌、笋、狁无不宾服，自文武以下，旷古未有！"

我跟随全体在场人的节奏，心悦诚服地舞拜于地。前面由厚重帷幕重重包裹的天子台上轻轻地一响，我知道，刚刚提到的那位曾以巡天闻名天下，而且身后势必名扬万世的天子已经驾临了。我也知道，他不会露出脸来。自从化人不顾他苦苦劝阻，白日飞升之后，他再也没有在天下万民之前显露过身影。我怀疑他已经放弃了一切，宁可孤单地躲在一边打发时日，也不愿放弃回忆与化人在一起逍遥的日子。这些老人们……

然后我看见，在我对面的屏风后面，几个纤细的身影隐隐晃动，我的心一缩——流梳公主到了。我不由得转过去看自己的身后。阿偎的身形，我看不见，可是我能想到他的激动。阿偎……我心里忽地一动，可是已经晚了。

大典开始了。

两排甲士雄赳赳地从台上退下去，台上的都松了一口气。这些甲士，并不是大哥从西狄带回来的，而是二哥的手下。他们在台上装腔作势地表演着大哥在西狄大胜的场面，很是威风。台下的诸侯百官掌声雷动、欢声如潮，台上的众卿个个面如土色，除了我以外，没有一个人敢去看一眼大哥的脸色。

我看了。而且自我生下以来，还从来没有如此认真地、一眨不眨地看过我的大哥。如果在那个时候，暴怒的大哥能看见在远远的角落里有这样一双眼睛在幽幽地看着他，他也会禁不住打个冷战吧！还好他没有。他依旧坐得笔挺，仿佛坦然地坐在天子之下。

我看见一滴汗，慢慢地，慢慢地，从大哥的额角滑落。那一瞬间我几乎幸福得快要晕过去了。

召公舞动着宽大的袖子，在台上卖力地来回穿梭。现在他又走到了王面前，深深地伏下身子，用长时间的沉默低伏表达敬意。大家也只有跟着拜倒。过了好一阵，才听见他朗声说道："太宰周公，大司徒姜无寿，请为大王寿。"他伏在地下回头看了我一眼，我的心怦怦怦地剧烈跳动起来——它跳得如此厉害，让我都误以为我的心从来都没有跳过。

"太宰、大司徒为贺大王寿，及为大司马大胜助威，特请——为大王奉上稀世之宝，前所未见、旷世仅有的舞偶，为大王舞一曲得胜兵舞。并请……"他转过头来，笑眯眯地望向我的对面，"少公主赐歌一曲，为大王助兴。"

台下的诸侯百官中顿时响起一阵交头接耳的声音。可是，当仲昆迈着矫健的步子从屏风背后走出的时候，议论的声音很快地低落下去了。

在上千双眼睛的注视之下，我的二哥，大袖翩翩地趋身而上，熟练地

106

拉开了仲昆胸腹的衣服，接着打开了腹腔的木板。

人群中轰的一声，惊讶得礼节尽失，赞叹声如波浪般横扫了整个郊祀大典。一个木头人！一个会动的木头人！人们争相拥挤着，想看一看这个不应该出现在这个世界上的东西，台下护卫的军士们甚至失神到忘记了维持秩序。

得意，写在二哥、周公的脸上，也悄悄地写在我和召公的脸上。这个世界上有太多得意的人。从前是我的大哥，如今他被自己架在炉火上烤；现在是我的二哥……我也得意。我怎么不能得意？二哥说过，他会照顾我，会比大哥更好地关心我。二哥的荣辱，关系到我的荣辱，我的得意悄悄地跟随着他的嚣张，如同猎豹追踪猎物一样。

帷幕里说了什么话，周公和二哥并排趴在地下，连连叩首。事就这样成了。

屏风后面，响起早已准备好的洪钟大吕之声，那是我再熟悉不过的曲调。我低着头，心跟着音乐跳动着，等待着前奏结束。

在场所有的喧闹忽然低沉下去，因为一个不太大的声音唱了起来。那是流梳公主。

歌声像轻轻吹拂草原的春风，以让人几乎察觉不到的速度和力量，无形无质地向四方散去。其他的声响刹那间被涤荡得干干净净，仿佛天地间只剩下这一个声音。

仲昆在歌声响起的同时，举起了手中的木剑。它挥出一个优雅的剑姿，腾身而起，剑锋直指苍穹，又拥身而下，在场中缓缓地画了一个圆。这个圈子画得并不急，可是那支木剑飘飘的，竟然隐隐发出了低沉的嗡鸣声。

如我所预料的那样，大哥的脸色变了。

在秋日高高的天下，伴随着流梳公主黄莺出谷般的歌声，仲昆舞出几近完美的舞步。它轻松地舒展着自己的身躯，手臂轻扬，脚步轻点，在台上转出一个、两个、十个……无数个圆润的圈子，它被自己转出的圈子包围起来。那种协调的、绵绵不绝的圈子像无数同心光圈。光圈在扩张，在放大，仿佛太阳落到了场中，渐渐地无法正视。人们转过脸去，只听见木剑破空之声如风声刮耳，而且越来越大。

那个下午的表演，绝对是整个历史上最完美灿烂的表演。

我喜欢完美的计划。

和我事先与偃师商量的一样，仲昆舞着剑，随着节拍，渐渐地靠向平台的右前方，也就是事先算计好的大哥的位置。它的身体和剑都在靠近大周最孔武有力的人。那圈子卷起的剑气，也渐渐地逼上去。坐在大哥身旁的官吏们有点儿坐不住了。

但我的大哥，仍然像块石头一样杵在那里。我甚至轻轻地笑了一下，因为我早料到会这样。传说大哥在征战时，会一直坐在中军车上，不管是打胜还是战败，中军的车都只能向前不能向后。

传说当然是假的。我大哥有时候也站起来割车两旁来不及逃窜的西狄人的脑袋。

但这一次，他是被打败了。一尊神被打败，你会发现他全身都是窟窿。

我斜眼看看召公。他正襟危坐在天子之前，笑吟吟地注视着场中的表演。今日他的职责是主持大典、活跃气氛，所以这个时候他就可以很自然地大声说话。

"大亦哉！畏山川之高俊！"他举起扇子，又用力放下，提醒人们的注意，"古来有如大司马之威仪乎？战必胜，攻必克。此次西狄一战，略城掳民，开拓疆土三千里，前无古人，后无来者！"

这是事先安排好的。在大典上一定要公开地称赞大哥的战绩，广与臣下诸侯知晓，无论如何要保住朝廷的脸面。大哥自己也知道，所以他是不会认为这是公开的诋毁——但时间并不是此时。此刻全场的重心都在仲昆的表演上，除了台上的人，谁也不会听到召公的话。我真是佩服召公到五体投地，因为仲昆在这一瞬间会做的动作，我只跟他说过一次。

我也佩服我自己，因为事实将证明我对自己亲爱的二哥的了解程度——

二哥哧的一声笑了出来。

这一声，对另一边坐着的石头来说，如同惊雷一般响亮。大哥的手不经心地摸向自己的佩剑。一团黑影恰巧在此刻划过他绷得紧紧的眼角，大哥全身一震，咔的一声，宝剑半出，右脚踏出，半跪在了自己的座位上。

全场噢的一声。

关于那一刻的记录，后书中载："王观木戏于台。木戏作武舞，偶过将军座。将军拔剑半。"

人人都看见，那个机关人舞着木剑跳过大司马的座位，将军拔剑在手。

周礼。没有人可以在天子前拔剑。

大哥的脸色在日光下刹那间变得惨白。

"为贺王千寿，大司马请为王前拔剑，与伶偶同舞。"召公拖长了嗓子，声音如利箭一样射进在场每个人的心里。

二哥的脸上同时变色。

我说过了，那一天天高云淡、日光强烈，照得人几乎睁不开眼睛。在经过了战乱的春夏，大周的天空终于明朗如昔。

大哥高大的身躯在那样的高天下，显得渺小无助。他在站起之前，连看了帷幕三次。帷幕中一点儿动静都没有。

　　没有动静就是动静。沉默已经说明了一切。

　　大哥在自己的席上站了良久，终于唰的一声抽出长剑，将剑鞘丢开，垂手走到场中。

　　什么也不能再说了。

　　流梳公主的歌声已经停止，现在指挥仲昆跳舞的是乐师府的师旷。他的眼睛看不见，只知道弹琴。他的琴艺天下独步，一弹出来，细小则珠落玉盘，广大则雷霆万顷。说时迟，那时快，师旷的双手一放到琴上，铮铮之声大作。

　　仲昆就在那音乐的指挥下，挥动着木剑扑了上去。由于音乐的作用，它现在的动作和刚才协和圆润的招式判若两人，像一团疯狂舞动的黑影，一出手就是疾风骤雨般的连砍连杀、狂抽乱刺。大哥的身形如一条青龙，在这团黑影中穿梭来去，他的长剑很少出手，反而被木剑压得连剑光都看不到……两个人的身形在小小的场地中央打起转来，越转越快，渐渐地已分不出彼此，只见黑光青光交相闪烁……周围的人屏住了呼吸，因为空气已躁动得无法呼吸，人们移开视线，有的人吐了出来……

　　"啪——叮——"

　　两声巨响，师旷的盲眼一翻，手下放缓，场中的两个身形一顿，已是静止下来。

　　大哥，我的大哥，已经是气喘吁吁；而仲昆，仍然如铁塔一般地背对着大哥肃立着。

　　大哥连连地喘息，呼吸声越来越慢，越来越轻，可我却看见他脸上那可怕的表情了。那张狰狞的脸上，恐惧将肌肉拉得变形、抽搐，而在此之上的，却是惊讶！惊讶！惊讶！

没有人知道他脸上表情的意义，除了我之外。但我此刻连自己的感觉都无法分辨。我屏住了呼吸，屏住了全部的意识，我所能看清的一切也只有大哥的脸、大哥的脸……

他张大了嘴，喉头咕噜地响着，指着仲昆背影的手也剧烈地颤抖着。

琴弦铮铮地响了两声，仲昆往前一跨，大哥就在这个时候失声叫了出来："禽滑励！"

声音戛然而止！

和声音一起断掉的，还有我大哥的身躯！

机关人纵上半空，转过身形，干净利落地将我的大哥从肩至腰，劈成了两半。大哥的上半身直飞出去五六丈远，端端正正地落在二哥的席前。

木剑是不会砍断铁塔般强壮的大哥的。木剑壳已经裂成了四截，仲昆手中的征岚剑在日光下发着寒森森的光。

在周围传来的狂乱的尖叫声中，我如释重负地闭上了眼睛。

黑暗中，传来禽滑励的声音："为什么？"

"你把全身的气力都给了我大哥。我能要的只有你的心。"

我在暗处，轻轻地回答道。

耳旁传来咕咚一声，我连看也不用看，就知道倒下去的是谁。只听召公厉声下令："太宰与大司徒，指使人偶王前佩剑，刺杀大司马，无礼甚！可速退！"

早已准备好的甲士们一拥而上，将我那已经瘫软的二哥和自戕未成的周公连拖带拽架了起来。经过我身旁的时候，我看见二哥嘴角的白沫和他脸上那不敢置信的表情。我木着脸，任他被人横着拖下台阶。

"大司徒与周公，日与奸佞小人、鬼魅邪术之人鬼混，而至于心神动摇，悖乱至此，"召公收起了刚才愉悦放纵的表情，变得凛然不可侵犯，庄重地坐在王前，侃侃而谈，"国家自化人大人东归以来，世风日下，朝廷日非，此皆……"

他的脸、话，已经模糊不可分辨。我的意识过分投入，以至在日光的毒晒下已经昏昏然了。我只听见召公府的甲士们往来奔走，维护本已大乱的秩序，一杆杆长戟逼得诸侯和百官个个低头股栗不已。

"……臣请大王即刻屏退妖邪，凡与周礼、正道、六艺不合之术、道、门，尽皆罢黜毁弃……今日木偶之制作，虽巧夺天工，然究其根本，甚不可取！且有杀王臣之罪，王法之下，绝无轻饶！"

我的头脑里轰的一声，仿佛炸开来。我不记得我叫了一句什么，但随后召公射向我的那两只冰冷的眸子成了我终生摆脱不掉的噩梦。身旁的屏风被人粗暴地推倒，我看见偃师。奇怪的是，我看见他被人推倒的时候，脸上还挂着他那永远不变的冷静的笑容。

"阿偃！"我口齿不清地喊了一声。偃师被人狠狠地按着，却始终望着我。他张嘴，说了句什么……我已经什么都听不见了，召公转头喊了一个人的名字。

那个名字，就是砍下偃师头颅的人的名字。

白光一闪，那白光划出优美的曲线，和很多年前在云梦泽中甩起的钓竿划过的曲线一样，在阳光下留下长长的影子。

抓住我的手松开了，但我已经不用再扑上去了。偃师的头颅，咕噜咕噜地直滚到我的面前，就像很多年前，他从芦苇中探出头来一样……这个小子，他在这里只认识我。只有我能抱着他，只有我能闭上他的双眼……

对面屏风里，另一条影子倒了下去。那是流梳公主。

于是，在那个天气很好的日子里，我失去了一生中最珍贵的三件宝物。那三件宝物，曾经在一个月光皎洁的晚上，在春日泽的湖畔，给我跳了终生难忘的舞蹈。

不过当时我已经不知道了。我紧紧地抱住偃师的头，蜷缩在台上。那头颅迅速地冰冷下去，我的手脚、四肢、内脏、全身……都跟着麻木、冻结。别人来往奔走，我却失去了意识，成为太阳底下一块永不化开的冰块。

五

哗啦一声，一堆雪从高高的竹尖滑落，坠跌在我的面前。我从长久的回忆中惊醒，这才发现，原来我已经信步走到了小屋跟前。

小屋。小屋。

小屋已经很陈旧了。没有人住的屋子都毁坏得快，可是奇怪，没有灵魂住的肉体却能长久地生存。当然我也已经很老了，远远超出了我的年龄，和这个早已变得平淡无奇的时代。摧毁我身体的是长年的奔波操劳，和征岚剑那若有似无的寒气。从成为少司徒、大司徒到成为大司马，眼看着王离奇地死去，召公无奈被废黜，以及坐在明堂宫里的孩子们，如同没有装上心的傀儡一样苍白。我空虚的岁月已过去了数十年。年月更迭，春去了会来，冬来了会去，小草会重新爬出地面，春日泽会干涸、潮湿，只有我，一年年地变老变干。

在我身体里唯一不变的，是阿偃和流梳。他们的形象不会老化，因为我不知道他们老了是什么样子。我很想和他们一道老去，他们却残酷地在我的身体里保留着青春。

这屋子从那以后我就没有来过，可我现在已经不想走进去了。我默默地，静静地站在雪地里。大夫们说我不能在冷天久站。大夫们懂个屁。他们在乎的是我的身体，我在乎的是我能不能平静地死去。我永远也忘不了阿偃临死前对我喊的那句话，可是我没有听到。我在梦中、朝廷里、战场上不止一次地回想起他的表情、他的嘴唇，可是我没有他那么聪明。

我没有你那么聪明啊，阿偃。

旁边一丛竹林中，什么东西动了一下，我疲倦地转过眼去。那是一团黑乎乎的影子，似乎比熊还要高出一截。我浑身上下一激灵，冒出了一身冷汗，可马上我又觉得轻松下来。

"阿偃……阿偃……是你吗？"我佝偻着腰，慢慢地向那东西靠过去。

那东西又动了动。竹林哗哗地响，雪大团大团地坠落下来，顿时将整个空地笼罩在弥漫的雪尘之中。

我又冒出一身冷汗来。

"禽滑励！是你？是你！"我大声喊起来，汗渗进我虚弱的身体，仿佛冰粒沉进雪中。

"是不是你？你是来取回你的心的吧！……"我睁大了眼睛，恶狠狠地喘着气，"……是你自己！……你……你死得不甘心……谁叫天底下最毒的毒药也杀不死你？你不是杀光了我的夷奴？……你那个时候为什么不杀了我！"

咔咧咧的一连串响，那个东西直起腰来，我后退一步，看见它转过身来。

我看见的是一张青铜的面具。

我像被人捅了一刀，顿时全身动弹不得。

仲昆！

仲昆！仲昆！仲昆！

仲昆不是已经在祭祀的当晚，由召公亲自监督烧毁了吗？难道连机关人也有鬼魂？

看着它一步步走近，我的汗如同滚汤迅速湿透了数重衣服。

"阿偃！阿偃你在哪儿？"我仓皇地大叫起来，"仲昆……阿偃！阿偃！"

仲昆在我面前停了下来，它歪着头，死气沉沉的青铜眼睛注视了我很久很久。忽然，从它的身躯里传出一阵细碎的声音。接着，仲昆的头歪了歪，忽然以我熟悉的动作拍打双手，发出啾的一声。

"啾啾，啾啾……"青铜人在我的面前，欣喜地叫着，拍打着，我不知道哪里来的力气，忽然一把抱住了它。

"仲昆！桐音！桐音！"

青铜人吓了一跳，轻易地挣开我老弱的双臂，接连向后退了几步。它啾啾地咕噜着，歪来歪去地看了我许久，终于转过身去，一跳一跳地向竹林深处走去。天迅速地暗了下来，青铜人的身躯，只转了几转，就消失不见了。

阿偃的话，我终于明白。他最后那一声就是在告诉我这个秘密。他最终也没有把他与流梳公主心爱的仲昆装上人类的灵魂，变成一个武者，而是把它留了下来。阿偃是超越这个时代和这个国家的智者，他没有败在我的手下。他从一开始就知道了我的计划，可是他还是照我的话做了。他只是成全我这个朋友的心愿而已，就像最初他为我钓起第一条鱼。他交给我的，是用真正武者的心做成的真正的死士。

禽滑励，对，是他，我想起来了，我的老师。他也不是不敢杀我。那个时候他虽然中了剧毒，但只要他高举着剑，整个世界也就没有人能阻止那剑锋砍下。可是他还是死了。天下最毒的毒药没有害死他，毒死他的，是我的心。

　　我的心……嘿嘿嘿嘿……

　　也许阿偎是对的。一个傀儡装上心，就有了灵魂，可以长生不死，而我没有。我不是用它来毒死那些宁可自己死去，也不愿意伤害我的人了吗？没有了心，我的灵魂也不知道跑到哪里去。我唯有面向泥泞的大地，去向死亡寻求归宿……在黑暗的那一头，我也许找得到阿偎、流梳……禽滑励……哥哥们……到了那里，有没有灵魂，应该无所谓了吧？

　　今年冬天的最后一场雪，密密无声地泼洒下来。我躺在小屋外的雪地上，感觉到从未有过的舒适和满足。我很想就此舒服地睡去。我看来快要睡着了。我很欣喜地期待着梦境把我吞没，就像彤云把云梦山吞没一样。

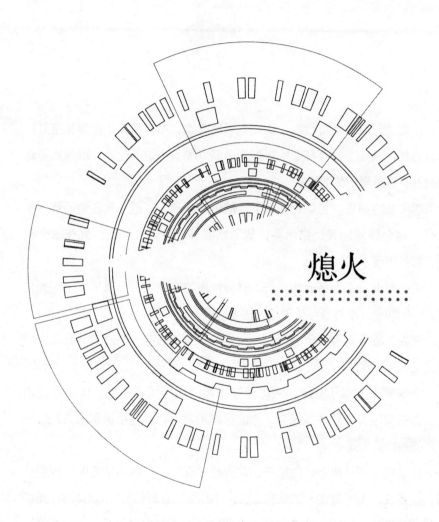

熄火
· · · · · · · · · · · · · · · · · · ·

拉姆拉琴科·李特维奇，朋友们叫他李维，站在街角。他靠在路灯杆上，点燃一根烟。路灯杆上的灭烟指示器立刻大声惊叫起来，歇斯底里地提醒他，这里属于禁烟区。

李维低声诅咒，把烟扔在地下，愤愤地踩灭它。他在焦急地等待一个信号，这台该死的灭烟指示器让他紧绷的神经差点儿绷断。好在这个时候，信号出现了。

街的对面，那面将近70米高、气势恢宏的高墙上，出现了一个闪光信号，一闪即逝。李维条件反射地咬住了下唇。

现在，需要再多一点点耐心……他的手有些哆嗦……过了一会儿，信号光又闪了一次。

李维将大衣领子竖起，头深埋在里面，两手揣在兜里，快步穿过街道。街道周围都是监控摄像头，他的这副形象可以让他被识别出来的时间尽可能地向后拖延。

高墙底下有一座老式电话亭，前天他来踩过点，线路是通的。按照计划，或者说，按照凯文·波特的说法，他必须在看到信号后3分钟内打通那个该死的电话。凯文·波特和琼·海利文两个人在那封闭闷热的通风管道里可待不了多久。

他跑到电话亭里，关上门，狭小的空间顿时挤得他气都喘不过来。他解开风衣的前领，大口喘息几声。他必须镇定下来，和对手打电话时必须从容不迫。他想，为什么一定要在这里？在"案发现场"？难道他就不能从容地在一家咖啡厅的角落里，来打这个该死的电话？

琼·海利文从来就不相信他。凯文也不太相信他。他们常常说他很笨拙，需要在他们的视线范围之内他们才安心，即使现在他们两个困在散热通风管道里出不来，只要他们觉得他在几十米范围内，也算勉强能接受。

好吧，好吧，该死的。李维紧咬下唇，让自己怦怦乱跳的心安静下来……他从电话机上摘下话筒，放在耳边，哆嗦着按下电话号码……

他在电话亭里呆站着，一动不动。这幅情景持续了好长时间。

他走出电话亭，半边身体都在抽搐。他在地下捡起一块小石头，扔在电话亭上，毫无反应。于是他开始疯狂地踢电话亭。

警报响了，警察可能会在几分钟内赶到。李维在街上又跳又喊，后来，他跑到高墙下，拼命地叫喊："凯——"嘘！在这里，不能用真名——"嘿，头儿，头儿！电话……我不知道，电话打不通！电话是坏的……我想……我不知道！嘿，嘿，头儿！"

警铃声已经隐约可闻。李维尝试着用砖头向墙上报警。但是他最多只能扔到这面墙的十分之一那么高，情景十分荒诞，到了搞笑的程度。街角处警灯已经隐约可见，他终于掉过头，撒腿狂奔。街上一共有16个摄像头拍下了他那张仓皇的脸。

他的身影消失在街道旁边一条肮脏的小巷中。这条小巷连着另外10条更加黑暗下流的小巷，然后是另外100条。无数的小巷、破屋和色情行业广告牌蔓延数十里，在夜空下显得暗淡无光。这是一个贫民窟。

在那面70米高墙的另一面，则是一幅迥然的画面。

这是一座光的高原，由蔓延数十千米的数不清的铁塔、厂房、管线和亮得让人睁不开眼的变压矩阵组成，金属高原起起伏伏，管线的河流到处流淌，高原汇聚成高山，河流汇聚成湖泊……其最高峰是3座高达数百米、宽达数里的水泥高塔，从上到下被无数的灯光照得通明。高塔上除了"ENCC"几个大得像足球场的巨型文字外，再没有任何色彩和图案。

这是3座很无趣的塔，除非你知道，这是位于纽芬兰的第三热核聚变工厂的冷却塔。

数十架直升机在塔外转来转去，像大树下忙碌的蜂群。没有人发现凯文·波特或者琼·海利文渺小的身影。他们也不知道，他们那愚蠢的同伴已经一路跌跌撞撞地跑开，去了最近一家脱衣舞酒吧。

他要等到第六杯下肚，才会想起他的使命，那已经是30多分钟以后的事了。糟糕的是，凯文他们时间紧迫，连叫酒保拿单子来的时间都没有。

1分20秒后，一个落魄游民从热核聚变工厂旁的小巷里跑开的录像，被传到位于巨塔之下的热能工业管理局的办公室里。当班主任克留申科看一眼悬挂在监控大厅中央的那座四面机械钟，时间指向21点45分，现在已经进入晚班时间。

围坐在大厅四周的46名管理人员正在交接白天的工作，预算今晚到明晨的输出当量。一般来说，一个晚上，第三热核聚变工厂将向整个美洲大陆提供6000万千瓦时的电力。

当然了，如果北美大陆正在狂欢，那么第三热核聚变工厂可以毫不费力地向它提供4.5亿千瓦时/天的能量，相当于20年前北美半年的用电量总和。这完全取决于克留申科主任和他的小组，以及经由他们控制的那3头托卡马克怪兽的意愿。

今天和任何一个通常意义上的夜班没有任何不同，除了那个长相奇特的小个子男人。克留申科反复看着他滑稽地向70米高的围墙上扔砖头的录像，按下扩音键，叫来当班的保安科长。

"鲍尔，你看过录像了吗？"

"看过了，主任。"声音嗡嗡的。

"你怎么看？这个小东西会危害到安全运行吗？我是说，嗯……"

"您在开玩笑，主任。"保安科长说。

"毕竟，他扔了一块砖头。"

"扔向可以防核弹攻击的墙？"

一阵沉默。

克留申科又观看了一遍录像。

"鲍尔，我觉得有什么不对劲……你没发现，他好像在冲着墙头说什么……我认为……"

"前能源时代的怀旧者，或者是个环保主义者。我们这里常有的事。"保安科长坚定地说，"这没什么值得大惊小怪的，主任先生。"

克留申科还想说些什么，一个就近响起的警报声打断了他。一名管理员抬起头来，大声宣告："MC33冷水处理装置出现轻微故障。故障编号700314456。"

一个不大不小的故障，没有危险，但当值主任不去亲自处理是不行的。克留申科低声咒骂了一句，从桌上抓起工作电脑，向大厅一侧那6架并排的高速电梯走去。

40秒之后，他已经下到海拔−170米的地下。踏出狭小的电梯间，在他面前是16万平方米的巨大厂房，钢梁接着钢梁，管线连着管线，望不到头，所有的一切都在昏暗中静默。就算是这样，这里仍然只是发电厂的小小一角。翻滚巨大能量、日夜燃烧不停的那3头巨兽，还在这个厂房之下40米的深处，在250万吨水的包围之下，沉默地咆哮着。

值班主任叫来最近的管理员。这个小矮子有些不知所措地望着他。

"嘿，"克留申科说，"给我看看那些不听话的水。"

"什么，主任先生？"

"那些水，真见鬼。你们不是报告说有冷却装置出现故障了？"

"开什么玩笑，主任先生，这里一切正常。"矮个子嚷起来，"再说了，我们这里谁也没有报过什么故障。"

"真是活见鬼。"克留申科说。他接通了上面的频道："控制室，我是克留申科。确认一下MC33冷水处理装置的问题——"

"故障中，主任先生，"管理员说，"故障率已经上升到17.6%，主任先生。"

"见鬼。"克留申科横了一眼那个小矮子，"故障率已经上升到17.6%！值班长呢？"

厂房中亮起绿色信号，表明出现了小故障。几名工作人员乘坐小型车快速地从各个角落向他们靠拢。

冷却水装置系统在厂房下方16米，由数千根直径1米的导热管组成，那景象比世界上最可怕的迷宫还要恐怖。好在他们暂时只需要聚集在厂房中央的投影室里，将那张密如蛛网的管线图投影出来。

MC33，一个Ω形的散热单元，很快被从蛛网中排查出来。它的三维投影呈现一种不祥的暗红色。

"奇怪，"一名工作人员说，"15分钟前才检查过。这鬼玩意儿怎么可能这么快就变成这样了？"

"硫化外壁快要熔解了。"克留申科恶狠狠地瞪了他一眼，接通电话，"控制室，我是克留申科，我们现在有状况7001。准备关闭6号至17号，77号至111号冷却阀。"

"控制室明白。输出功率将下降至22万。"

克留申科扫一眼在场的人："还站在这里干什么？去解决这该死的问题。"

"主任，根据这种情况，我们需要向47个外泄闸门排放硫化烟……"一名工作人员犹豫地说，"我们这个月的排放指标已经……"

克留申科长长地叹息一声。排放指标……有的时候他真想骂娘。他们在这寒冷的大地深处夜以继日地工作，向北美输出电力，供他们照明、运转机器、开他们的电动车，让他们尽情玩乐，北美人却来管什么排放指标……他的脑海中忽然闪现出刚刚那个环保主义者的样子。去死吧，你们这帮白痴。

"好吧，用临时闸门排放。就用L77号到L110号闸门。"

"那会把硫化气体排放到市镇里……"

克留申科用眼神将下属的后半句话消失在淋巴结上。几个工作人员连滚带爬地跑开了。

1分16秒之后，热核聚变工厂数百千米长的外墙上，一些不为人注意，甚至不在公开设计图纸上的小排风口打开了。它们偷偷地向外排放了一些……嗯……不那么引人注意的烟。当然了，用克留申科的话来说，这些烟在空中很快就会分解，除非你是在密闭的室内，否则你连咳嗽都不会咳嗽一声。

在这一长排口子中，有一个口子稍微有些特别……从那空洞中似乎传出一些叫喊，和一些无助的挣扎，烟尘也变得断断续续。过了一会儿，烟尘从墙上瀑布般地泻下，散入墙下的街市中，引发几声狗叫之后，消失了。天上地下谁也没有注意到刚才发生了什么事。

22点14分，克留申科的电话再次响起来。

"主任先生……"电话那头的人有些拿不定主意地说。

"什么？"

"您最好来看一下……我是说……我们有16根散热管出现了故障……"

克留申科下意识地抬头看看主投影墙。几乎是几秒钟的时间，墙上出现了一长排红色报警信号。几名工作人员目瞪口呆地望着他。

克留申科向大家摊开双手，意思是，看着我干什么，傻瓜们？

他气急败坏地下到厂房中。投影大厅里，悬在空中的管线图上已经出现了许多暗红色的小点，每一个小点代表一节失去控制的散热管。就在克留申科迈出电梯的那一瞬间，又有几根管子变得不那么好看了。

"这是……怎么……一回……事？"

"散热不良扩散了，我们现在还不能确定……"

"扩散？我在这里工作了30年，还没听说散热管故障会像感冒一样扩散！"

所有人都有些胆怯地望着他。

"那还站在这里干什么？下去看看！"

为了进入最核心的部位观察，厂房里架设了数十架沉降梯，但其中最常用的也已经有6年没有被打开过了。伺服电机发出可怕的呻吟声，终于将地板上的沉降梯门打开。克留申科带头跳上沉降梯。几秒钟后，他们下降了大约16米，进入到一片深蓝色的世界。

这是被250万吨二级冷却液灌注的地下海洋，用以冷却那3颗人造太阳。当然了，在大部分时间内，那3颗人造太阳是通过管道内的一级冷却液进行冷却的，同时将它们骇人的能量释放出来，供给数以亿计的人们使用。

被二级冷却液浸泡着的数千根管子，如同悬浮在泰坦腹中的肠子一般，布满了整个视野。管线规则地排列着，冷却液中没有气泡，也没有翻涌的迹象。从这个方位看过去，除了蓝、灰二色，什么也看不见。往底下看，隐约能看到深处有3团隐隐的蓝色幽光。

这简直是一幅静止的热核聚变装置正常运转的图像。克留申科回头看看，所有的人都在大惑不解地耸肩。

"好吧，派出工作潜艇，"克留申科说，"你，你，还有你，你们去看看。"

几个工作人员爬上工作潜艇，潜下了水。是的，虽然这是一座热核聚变工厂，但人类总是畏惧伟大。水底深处那3座封印着人造太阳的小火山，谁也不敢轻易靠近，就像没有人愿意轻易地踏进活火山口一样。

小潜艇突突突地开进了水中。为了在横向距离只有3米多一点儿的管线之间查找故障，小潜艇被设计成棺材的样式，3名工作人员面如死灰地并排躺在里面，随着潜艇漂到管线后面去了。小潜艇的灯光在幽蓝色的水中闪烁着，来来回回地打转。

克留申科的电话再次响起来。

"喂？"他试探着问，"警报解除了？"

"主任……恐怕我们不得不提升警报。"

"什么？！"

"在过去5分钟里，3号反应堆的冷却管散热指数下降了89%……"

"……反应堆温度呢？"克留申科顿时觉得有人在他肚子里捏了一把，把肠子捏成了一个饼。

"反应堆温度一切正常。"电话那头的人慌乱地说，"但这正是我们担心的地方！SELEMU（反应堆自动管理系统）已经调整了温度，判断反应堆的温度应该已经超过3500度，但现在……"

"3500度！再升高500度，我们就全变成火山灰了！"

"……是的，主任……"

"可我现在就在冷却液里，我什么也没看到！"克留申科把手放在钢化玻璃上，玻璃冷得像冰，"这里面冷得足够冷冻住100头鲸鱼！"

"是冷却管内液的问题，主任先生……"电话那一头的人小心地说，"现在的状况是7001，不是2889反应堆过热故障。"

"我知道那是什么鬼玩意儿！"克留申科整张脸都贴在了玻璃幕墙上，眼前一片蓝灰色，除此之外，连一颗气泡都没有，"根据程序，冷却管内液会在异常升温40%之后就直接排放到外冷却液中！可我什么也没看见！"

"嗯……我想……这大概就是问题所在……主任，鉴于已经又过去了36秒，SELEMU问我们是否可以将安全警报再提升一个级别？"

"红色？"

"橙色……"

"你是说，关闭一台热核反应堆，让半个北美统统见鬼去？"

"如果不尽快关闭的话，根据SELEMU的自我保护机制……"那人斟词酌句道，"我们可能很快将不得不关闭两台。"

"关闭一台。"

"是，主任。现在关闭3号反应堆。"

不知是不是在水下小屋里待得太久的缘故，克留申科觉得自己双手冰凉。按照程序，他现在应该立刻回到控制室里，但他竟然挪动不了脚步。

就在这个时候，水底深处的3团幽蓝色的光晕，忽然同时变得昏暗起来。克留申科额头顶在玻璃上，眼睁睁地看着水底一大团气泡升起来，当气泡接近沉降梯观察窗时，其中一团幽光消失了。它的消失代表了一个令人伤感的现实：现在整个北美地区的发电量已经短缺了三分之一，即使另外两台反应堆加足马力，也只能填补不到三分之一的损失量。公众的用电将在短时间内受到限制，至少有超过一半的加电站今晚不能为车主们提供服务了。

是时候返回控制室了。这场可怕的突变必须立刻终止。在整个美洲地区，只有这3台热核聚变反应堆在运转，如果情况恶化到不得不关闭第二台，那可就是真正的大事故了。

时间过得飞快，转眼间，22点34分到了。克留申科头上汗津津的，觉得仿佛过了20年。

散热管的故障已经飞速地扩散开来。在地板之下的7950节管道中，已经有超过一半的管道发出了警报。投影在大厅上的管道线路图已经一半飘红。危机正在同时逼近还在运转的1号反应堆和2号反应堆。

克留申科是第一批获得热核反应堆工程学博士的人之一，在他所学过和所遇到过的关于热核反应堆的全部情况中，都不曾遇到过如此的情况。

根据设计原理，水冷式热核反应堆的每一堆都拥有独立的散热能量传输系统，传递到不同的发电装置中。甚至每一根散热管都是独立的，并且拥有独立的控制系统。将反应堆和散热管完全浸没的二级冷却液能够完全隔绝散热管之间的物理联系，以避免任何故障扩散开来。散热管故障扩散？不，这是不可能的。这种不可能达到了这样一种程度：从来没有一本教科书或者反应堆的使用说明书上提到过这种情况。

此时此刻，他的反应堆正像点燃了的炉子一样，越来越热。热积聚在散热管里，散发不出来，这就变成了致命的故障。如果硫化铝合金管熔解，反应堆的巨大能量就无法传输出来，反应堆就会过热，然后就会——

克留申科像条上岸的狗，从头到脚哆嗦了一下。

"2号反应堆散热管故障已达44.7%！SELEMU判断反应堆温度将在5分钟内上升到2700度！"

"降低反应堆功率，下降70%！"克留申科喊道。几秒钟之内，大半个北美地区的城市夜景同时暗淡下来。

电话响起。位于大洋洲上的GE（环球能量管理中心）的电话终于接通了。克留申科如蒙大赦地抓起电话，他的面前立刻打开了一个视频窗口，窗口里的人面色难看，仿佛刚刚参加完葬礼。

"这里是GE紧急处理中心，第三发电厂，你们出什么事了？我们监测到你们的输出下降了75%。"

"我们请求立刻启动紧急预案，3台反应堆的全部散热管都出了问题！"

"和第一、第二发电厂一样？"

"和第一、第二发电厂一样？"克留申科茫然地问。太好了，今天是散热管的工会活动日？

"15分钟前，第一发电厂发出散热管警报；13分钟前，第二发电厂发出散热管警报……你们怎么样？"

我们要早一些。克留申科暗想。只不过我们不想过早地让你们这帮蠢货知道。

"几分钟以前……"

"应急专家组正在赶往你们各厂。第三发电厂，鉴于目前的情况，你们要维持25%的能量输出，坚持到故障解决。"

克留申科高举双手，好像要撑住什么即将倒下来的东西："我不明白……我们的反应堆可能在几十分钟内就达到熔解态……我们用什么来坚持？"

"你们对事业的忠诚度。"

"那个能散热就好了！"

视频结束了。GE中心的人逃似的切断了通信。

旁边几个工作人员用同情的眼光看着他。"情况怎么样了？"克留申科疲倦地问。

"我们需要关闭2号反应堆。"

这一定是个梦，克留申科想。30年来，没有人在20分钟内关闭过两台万万兆瓦级热核聚变反应堆。这个梦太可怕了，正在把北美大陆送回铁器时代。

　　"关闭……2号反应堆。"他甚至没听见自己的声音。

　　关闭2号反应堆的各种警报声在大厅中回响。现在有越来越多闪烁的红灯加入今晚的狂欢中。工作人员从厂区的各个角落中冲出来，不知所措地消失在另外一些角落中。巨大的能量正在退潮，它来时可怕，去时更加恐怖，引得人心惶惶。

　　克留申科不由得将视线从那些无数数字疯狂乱跳的显示屏上移开一会儿。他受不了这种打击。那些数字在上面稳定地跳动了数十年。他一直以为它们会永远这么稳定地跳下去，可是它们说翻脸就翻脸，连点儿缓冲的时间都没有。他望向窗外——这里只有一扇窗户通向外面，能够看到脚下和墙外的破败小镇。小镇上灯光摇曳，好像圣诞节提前到来一般。

　　在视线的尽头处，是黑沉沉的山脉，它们在星空下只有隐约的一排。山脉的另一边，是沼泽。再远一点儿……是现在已经陷入黑暗中的纽芬兰与拉布拉多的首府圣约翰斯。

　　人类已经沉湎于无尽的能源享受中多少年了？40年？55年——第一座热核聚变工厂建起之时？除了大型飞机和航船，他们现在可以使用电力做一切事情，尽情地消耗、浪费，点亮整个世界。

　　新一代的儿童以为只有白天，他们甚至因为缺乏黑暗而患上内分泌失调症。

　　能量似乎是无穷无尽的，如果位于欧洲、东亚和北美的3座热核聚变工厂不出那些小小的意外的话。

　　今天晚上，黑暗将降临，城市将发出一片惊恐的呼喊声，好像回到了穴居时代。

"主任?"

克留申科从沉思中猛地醒过来："什么?！有进展了?"

"1号反应堆的散热系统正在……呃……趋向恶劣。"

"别废话!"

"有33%的效率已经丧失……"那家伙可怜巴巴地说，"我们是否进一步降低功率?"

克留申科抓起电话一通怒吼："潜艇小组！你们看到什么了?"

"我们什么也没看到，"憋声憋气地回答说，"我们都要睡着了，头儿……这里什么反应也没有，我们漂啊漂啊……"

克留申科掐断了电话，额头上青筋暴起。

"把1号反应堆降到20%。"他简洁地说。

"这个程度如果持续超过30分钟，就有可能熄火。"他的手下小心地提醒他。

克留申科手边的另一部电话响了。他一面烦躁地向那家伙打个手势，让他照办，一面抓起电话："什么?"

"有一个人打电话进来，进行恐吓威胁。"保安科长语气平淡地说。

"让他滚。"克留申科扔下电话。几秒钟后，他像被烫了一样跳起来，重新抓起电话。

"你说什么?"

"有一个人打来电话，进行恐吓，"保安科长冷笑着说，"他说他的朋友能够破坏电厂的散热部件，如果我们不交出……那么多钱的话。"

"他在哪儿?"克留申科觉得有人在拽自己的小肠。他一紧张，肚子里面就像装上了一台搅拌机。

"我们跟踪了电话。他就在附近。"

"你们跟踪了电话？！"

"他喝醉了，电话一直没挂，"保安科长终于忍不住咯咯咯地笑出声来，"再过5分钟我的人就会把他的脖子拧断。"

"听着，如果那样的话，"克留申科尽量让自己的语气保持冷静，"我就会把你装填到下一批聚变原料里。我要见到这个人，立刻，马上！比光还快！"

保安科长扔下电话，撒腿就跑。时间一秒一秒地过去，克留申科觉得自己的心脏已经衰竭了，就像那3堆已经依次熄火的反应堆一样。

电话又响了。这一次，是桌上那部红色的电话响起。这部电话从来没有被接通过，因为那一头连接的都是些可怕的大人物。好吧。这是大事件，大人物们终于坐不住了。克留申科犹豫了一下，抓起电话，小心地放到耳边。

"喂……"

"电话那一头的——令人尊敬的克留申科主任，我是总理，加拿大和魁北克的民选总理。向您致敬，公民。"

"万岁。"克留申科说。

"说说看，克留申科，他们说发生了罢工，是这样吗？我现在看不到电视，说实话我这里有点儿黑……呃……劳资纠纷有必要闹到切断伟大的渥太华的全部电源的程度吗？"

"总理先生，"克留申科手心出汗，"这不是劳资纠纷的事……我不知道该怎么说……一个故障，我敢保证，我们正在加速恢复。"

"哦。"加拿大和魁北克的民选总理明显地松了口气。

"也许是一次恐怖袭击。"

"哦！"加拿大和魁北克的民选总理惊叫起来。

"我不知道……我们正在落实情况。"保安科长的电话响了，是视频电话。克留申科结结巴巴地说，"再见，总理先生。"

保安科长的电话一接通，视频窗口立刻在他面前打开了。看样子，他正在某个酒吧里，揪着某个人的头发，把那个人的脑袋像篮球一样往吧台上拍。

"就是这家伙！我们抓到他了！"

"我要跟他说话！"

保安科长把他的脸朝向镜头。鼻涕、酒水把这家伙的脸弄得一塌糊涂。他紧闭着眼，一动不动。

"睡死过去了，我跟你说过，这家伙喝醉了。一个疯子，我们把他扔出去喂狗吗？"

"等一下……见鬼，我好像……你能把他脸上弄干净点儿吗？"

保安科长从旁边扯过一张大抹布，用擦洗锅底的力气在那家伙脸上抹起来。克留申科甚至担心他把那家伙的鼻子和眼睛全抹没了——好在抹完之后，十分神奇地还留在脸上。

"见鬼！就是那家伙！刚才从外墙边跑开的那个人！我跟你说过，你这白痴！"

保安科长张大了嘴巴。

"那堵墙！鲍尔！那堵墙！快跑，你这个白痴！恐怖分子就在那堵墙上！"

声音就像波纹，穿越了窗户，乘着风，向远处飘荡，飘得很远很远。从理论上说，冯·克留申科主任的音波，可以一直传播下去，越过山脉，越过城市，越过五大湖，越过北美大陆。

他的音波愉悦地向上升，升向高空，升到陷入黑暗之中的北美大陆上空。过去的数十年里，这里昼夜明亮，无论何时，都能分辨出城市、道路、乡村。Google Earth（谷歌地球）上专门开辟了夜间版，向人们展示那些人造卫星拍下的灯光下的城市，别有趣味。现在，所有的一切都变得昏暗，那剩下的一点点应急灯光，仿佛一无所有的荒原上的鬼火，别说人造卫星，上升到几千米的空中，就什么都看不到了。

在这个高度，克留申科主任的音波很高兴地看到了日出。太阳正在那蓝色海平面上映照出璀璨的光芒。这光还有几个小时才能越过大海，抵达大陆。到时候，地球另一端——音波先生的最终目的地——将会陷入黑暗，真正的黑暗，几十年、几百年未遇的黑暗，因为第一发电厂和第二发电厂已经提前关闭了所有的反应堆。它们建造得太过超前，设计思路不允许散热管如此地不尊重工作。

好吧，事实上，音波先生并不是真的想去欧亚大陆，他只想自由地传播、消耗能量。好吧，在这个高度，一切都是自由的……嗯，那是什么？

一颗孤独的人造卫星飘过头顶，它似乎很无助，因为几分钟前它突然失去了与地面的联系。音波先生想提醒它，地面上的能量，因为它的主人的缘故，现在已经完全消失了。可惜人造卫星听不懂魁北克方言，嘟囔着过去了。

飘吧，飘吧，音波先生想。能量，它的主人成天挂在嘴边的东西。据说有一个叫作"熵"的，它决定了一切能量最终归于……

音波先生还没有想完，就耗尽了能量，消失了。看来理论终归是理论，声音传不了那么远，贝尔先生发明电话是有着极其必要的现实需求的。

他们费尽力气才爬进那条伪装起来的散热通道。这道槽是设计之初由某位执行董事提出来的，如果热核电厂出现排放困难，比如指标、环保主义者，等等，这些散热槽可以让他们一面倾听，一面排放，毫无阻碍。只有很少的工作人员知道这些通道的存在和位置。

不幸的是，一名前工作人员，凯文·波特，现在是已故的凯文·波特先生，正躺在这条通道里。他的同伴躺在他旁边，两个人脸上都凝固着一种对信任傻瓜的追悔之情，身上都是硫化烟的味道。保安科长不无遗憾地想，如果排放时间再长一点儿的话，这两个人就熟到可以吃了。

一台笔记本电脑，通过一根特制的网线连接在通道的通信系统上。这个通信系统与整个核电站的通信网络联通，用于控制和监控通道的流量。物是人非，电脑还在拼命地工作，向网络——联通GE和3座热核聚变工厂的网络——传送着它的主人本来想控制和加以利用的内容：散热管故障、散热管故障、散热管故障、散热管故障、散热管故障……

23点01分，克留申科抓起电话，加拿大和魁北克的民选总理出现在电话的那一头。

"我们已经抓到恐怖分子了，并且找到了故障原因，总理先生！"

"向您致敬，公民！"

总理挂断了电话。克留申科注意到，他的身旁有一个人正胆怯地望着他。

"怎么了？"

"1号……呃……有某种恶化趋势……"

"有屁就放！"

"热核反应正在降低。"

"见鬼，为什么还没有恢复？我说过了，恢复它，恢复到100%，然后重启2号和3号反应堆。"

"呃……"那个工作人员低头沉思，拿不定主意地站在那里不走。

"怎么？"克留申科两手一摊。

"呃……我们现在无法恢复。SELEMU拒绝了。1号反应堆正在自己降低运转功率。"

克留申科从座位中跳了出来。

自激反应开始了。不幸的是，这是负自激反应，一种热核聚变反应自我毁灭的进程。一旦热核聚变反应的功率降低到某种程度——这种程度一直就没有被搞清楚过——它的正向聚变反应很可能会在某个临界点上开始衰退，变成负聚变，也就是能量、温度和压力同时下降，聚变反应走向终结。除非在这紧要的关头，重新用能量将它激发到正聚变的状态。

"升高功率！升高！该死的！别让它熄灭！"

"已经进入紧急程序中，SELEMU接管了一切！它认为1号反应堆的温度已经上升到4000度，所有手动程序失效了！"

跨越大西洋两岸的通信，现在变得更为紧张。两端——美国的百慕大和爱尔兰的科克郡同时陷入黑暗中。55年以前，通信还不是那么消耗能量，但现在，普通的燃油发电机已经无法满足两大洲通信的需求了。技术人员拼命地一层楼一层楼地关闭通信设备，以保证几个重要的电话能够接通。

23点17分，克留申科终于拨通了GE在欧洲总部的技术部门的电话。

"我们尽力维持的1号反应堆功率已经下降到23%，情况万分紧急。我们能否终止SELEMU的运行，手动升高反应堆功率？"

"我很遗憾，同事，"总部的回答，"SELEMU的设计原则是，在人类的情感战胜理智的时候，帮助我们坚定地执行安全政策。"

"见你的鬼！现在已经排除了真实故障！理智的是人类而不是SELEMU！"克留申科大喊大叫，"我要求立刻恢复所有反应堆的运行！情况已经恶化，1号反应堆已经进入负反馈状态。最多还有10分钟，也许更短，到时候我们就算升高功率，它也会熄火！"

"好吧，别激动，我的同事。我们正在研究如何进行手动恢复，"总部的人咳嗽一声，答道，"您别对这个寄予太大希望……呃……我认为我们的亚洲研究室可能会更早研究出针对这种病毒的免疫方法，让SELEMU自行恢复判断。"

"那还要多长时间？"

"我们正在分解病毒、报文、协议、封装什么的……嘿！谁把灯关了？"

视频窗口中变得一片漆黑，总部停电了。过了好一会儿，隐隐亮起了紧急情况灯。

"你瞧，同事，"总部的人幽幽地说，"现在是战乱时期。"

一开始，声音还不大，属于次声波，只是让人略略有些头晕而已。声音渐渐强起来，这是一种令人难耐的轰鸣声，不知道从哪里传来，仿佛四面八方都有。

控制中心的人都抬起头来，四处观望。有的人拍打自己的耳朵，以为出现了耳鸣。克留申科心神不宁地站起又坐下。

这是一种潮声，潮水退落的声音。34年来，巨大的能量昼夜不停地在第三热核聚变工厂中澎湃不息。现在，能量的巨浪正在退去，电容、变电器、耦合装置，乃至管线、塔架、厂房，就像干涸的海床般发出呻吟。这痛苦越来越强烈，几分钟后，控制室的地面微微抖动起来。

"1号反应堆到达14%临界点！"一个工作人员凄惨地喊，"快速下降中！"

"反应堆将在1分15秒内自熄灭。"

"病毒补丁包开始下载,将在1分15秒内完成!"

两个声音同时从大厅的两头响起。

"现在开始倒数反应堆关闭,1分01秒……"

"补丁包下载还需要1分01秒!"

两个声音,两种命运,克留申科在大厅中疯狂地转来转去,觉得他们好像每隔一个世纪才倒数一次。突然——

"反应堆将在15秒内关闭。"

"下载数据包检验——"

控制大厅里,一群原子能工程师不知所措地望着空气,揣测"数据包检验"的现实含义。

"校验码错误。补丁包下载还需要25秒!"

克留申科眼前一黑。这倒不完全是心理作用,大厅的灯光变得忽明忽暗。发电厂要停电了,这真是令人毛骨悚然的笑话。

"6、5、4、3……"

所有的控制系统、照明设备同时发出一声哀鸣,大厅里终于变得一片漆黑。数秒钟后,昏黄色的应急灯亮起了。

"呃……"负责网络的工程师沉吟了一会儿,说,"好吧,我需要重启机器,重新下载。"

23点55分。就要到半夜了。不知道为什么,今夜的星空特别明亮。从窗口望出去,仿佛整个大气层已经消失。繁星以前所未有的盛况出现在天空中。

克留申科从未留意过星空,这真奇怪。星空如此璀璨,万亿颗在那上面静静燃烧。他忽然想起,它们真幸福。它们可以燃烧几十亿年,然后按自己的意愿熄灭,而不是由一套愚蠢至极的软件来让它们熄灭。

"散热管故障已经全面排除。SELEMU系统重新启动需要1分11秒。"

"主任，"他身旁的人轻声提醒他，"我们可以开始重新启动反应堆吗？"

"太好了。"克留申科干涩地说，"那么启动吧。"

"启动反应堆还需要30分15秒。"

克留申科站在那里，觉得脸上被蚊子叮了一下似的痒起来。他搔了搔脸。过了一会儿，他感觉有蚂蚁从身上爬过。

"主任？"

"什么？"

"您在抽搐……"

"我觉得痒，怎么了？"克留申科哆嗦了一下，因为他觉得有一只虫子从他的心脏上爬了过去。

他猛地张大了嘴，然后再也合不拢。这不关虫子的事，根本没有什么虫子。他瘙痒是因为他的身体比他的意识更早发觉一个可怕的事实。这个事实太可怕了，以至于没有人意识到。好吧，他意识到了。完蛋了。

正在这个时候，23点59分，电话响起。克留申科梦游一般地抓起了电话。

"公民……"加拿大和魁北克的总理在电话的另一头，显然也正处于可怕的焦虑中，"我要告诉你一个好消息……国会已经通过法案，决定授予你'我们的母亲——加拿大和魁北克'……哦，不，是'我们的母亲们——加拿大和魁北克荣誉勋章'……告诉我，公民，我们什么时候能够恢复用电？"

"总理先生，我们……呃……我是说，"克留申科尽量用和缓的声音说，"我们还有……旧式的裂变反应堆在运行吗？军方的，或者其他什么秘密部门的？"

"什么，克留申科？根据加拿大的法案，它们在40年前就全部关闭了……全世界的核电站都关闭了，你不知道？"

"火力发电站，我是说，或者水电站，什么都行。"

"你说的是那些博物馆？"

"您瞧，有个问题，总理先生。"克留申科艰难地说，"我们……现在遇到点儿小问题……我们需要一些能量……呃……来启动我们的反应堆，呃……您知道，热核电站需要一个基础启动电量来点燃……我是说……聚变反应。在第一发电厂的1号机组开始运作时，需要16座裂变电站为它提供激化能量，把它点燃……您瞧……呃……现在第一和第二发电厂，包括我们，都已经停止运转了……也许……"

"克留申科，科学的东西我不懂，"总理闷声闷气地说，"但是……你觉得我们现在应该上哪里去找16座裂变电站或是其他什么东西？"

"一座也没有？"

"就我所知，一座也没有。"

"非洲呢？非洲也没有了？"克留申科急切地问。

"非洲？您还指望什么呢？全世界只有3家电站在运行：你们，还有那该死的一号和二号！"总理终于咆哮出来了。他的政治敏感点大概已经注意到，如果没有了电，他的民选总理也到头了。

"我们只需要200万兆瓦的启动能量！"

"我们只有核潜艇和航空母舰上有反应堆，克留申科！"

"那不行，那太小了……我是说，更大的……喂……喂？"

电话变得时断时续，声音也听不清楚。克留申科把耳朵凑近话筒，听见那一头也在用力地喊着："什么也没有……如果需要的话……建造……"

"建造一个裂变反应堆需要多长时间？！"克留申科不顾一切地大喊

139

起来。

电话咯的一声，中断了。克留申科不敢置信地望着身边的人，一脸被伤害的样子："你……你在干什么？我在跟总理通一个非常非常重要的电话！"

"对不起，主任，"身边的人耸耸肩，"我想是通信公司的后备电源用完了，没有电了。"

"没有电了？"克留申科满腔悲愤，大声嚷嚷，"没有电是什么意思？！"

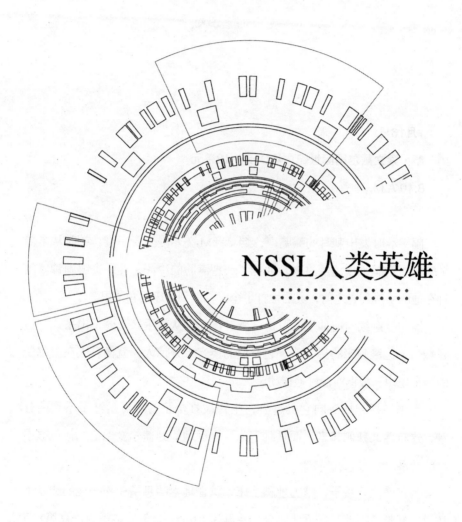

NSSL人类英雄

1月16日

新·索文戴尔国际世纪广场D-27-13单元

8:10 A.M.

　　闹钟准时发出刺耳的啸鸣声，烟草商M.盖尔曼全身一震，顿时从半梦半醒的可怕睡眠中清醒过来。他抹了一把满脸的冷汗，伸手去够闹钟。闹钟在他的手碰到它之前，灵巧地打了个滚，退到了床的角落里。

　　盖尔曼继续向前伸手，可是，闹钟再一次从他手底下逃了出来，一边狂喊着一边滚到床的另一头。它发出的声音十分惊人，就像有人在盖尔曼的脑子里用一根钢筋慢慢地搅动。

　　盖尔曼抓起枕头向它扔过去，闹钟被打个正着，可是过了不到两分钟，这东西又狂叫起来，而且跳下床，远远地躲到盖尔曼无论如何也够不着的角落。

　　盖尔曼掀开被子，吃力地爬下床，趴在地上喘息了一阵。他的腰以下还没有知觉，"他"告诉他，至少要再等上6个月，他才能重新恢复第X节脊椎以下的神经活动。昨天晚上，他陪"他"忙了一夜，到现在从精神到肉体都疲惫得要死，在光滑的地板上，他恐怕花一个世纪也追不上那该死的闹钟。

趴在地上喘息的时候，他突然意识到"他"送这个闹钟给自己的真正用意了。"他"喜欢看他爬行，"他"为此而闪闪发亮的眼睛成为盖尔曼每天不断的噩梦中最恐怖的元素。

这时候，那闹钟又飞似的跑到了阳台门边。它的小钢脑袋在太阳下闪闪发亮，看样子这次它准备要喊醒整栋楼的人了。

盖尔曼蒙上耳朵，准备接受命运。就在这时，他的脑海中突然响起了声音。

"哦，我的朋友，"那个声音咻咻地笑道，"看来今天早上你很不顺利，对不对？"

"他"来了。盖尔曼全身一抖，却又毫无办法。"他"无所不在，躲避是没有用的。

"我……我以为……"他吃力地说。

"你以为我们会休息一个早上，对不对？"

"也……也许吧……我以为……"

"乔·鲍威，""他"一如既往地呼唤他的昵称，声音懒洋洋的，可是盖尔曼认为这种态度背后隐藏着什么，"好吧，好吧，看来你被烦得够呛，对不对？如果我是你，我会用那把点38口径的小可爱，让那该死的东西永远闭嘴。你觉得呢？"

点38口径？盖尔曼花了几秒钟才反应过来。他慌乱地四处看，就在他左手边不远处的地毯上，正静静地躺着一把勃朗宁手枪，枪身反射着幽幽的蓝光。

盖尔曼一分钟之前刚刚爬过那块地毯时，那里还什么都没有，这把枪现在凭空出现在那里。不过，他对此一点儿也不感到奇怪，这只不过是"他"的又一个小把戏而已。在"他"给自己制造的无数小圈套中，每一个都似乎隐含深意，但盖尔曼现在已经没有选择了。小闹钟开始尖叫。枪响了。闹钟飞出阳台，向下掉了几百米，在着地之前，化成了晨曦中的一缕轻烟。

"好吧，好吧，让我们开始今天的工作吧。"声音从脑海转移到现实中，在屋子里的所有角落同时响起。盖尔曼感到一股热流涌向双腿，不由自主地一下子站了起来。这是"他"的神迹，是让盖尔曼紧紧追随他的一点儿小小恩惠。如果"他"离开这房间，盖尔曼又得像条蛆虫一样在地上爬行，他对此又惊又恨。

"今天是什么？"他艰难地问。

他听见嚓嚓的声音，沿着墙脚一直响。"他"仿佛幽灵一般地在房间四下来回地走。盖尔曼需要极大的勇气才能阻止汗水流下来。脚步声到了洗手间，紧接着响起了冲水的声音。

"鲍威，你如何认识你自己？"

声音就在耳旁响起，盖尔曼猝不及防，吓得浑身一哆嗦。

"什么？！"他大声叫道，乘机把受到的惊吓释放出来。

"人类，你这微尘，""他"的声音围着他的头打转，"你如何认识你自己，你这灵魂的生命容器？"

"这是今天的命题吗？"

"不全是，今天我想谈论一下永生的话题。"

房间里沉默了一下。盖尔曼怔怔地望着虚空，好像能看见"他"冷峻沉思的面孔。

"我……我不明白……也许我不太清楚这些事……"

"不，你清楚。你已经有了关于它的全部知识。鲍威，我只需要你做出反应，用你的人格，用你的知识。"

窗帘顺滑地合上，房间里暗下来。数以百计的"窗口"打开又关闭，在房间冰凉的空气中飞来飞去。盖尔曼屏息静气，追逐着那些"窗口"带来的信息，一一地做出反应。

此时此刻，几千米之外：

"现场组报告，目标B关闭了窗户，同声转播中断！"

"有加密数据流入房间！"

"现场组报告，没有人进入房间，重复，没有人进入房间！"

"目标现场已经清理完毕，没有可执行的操作平台。"

"数据流量增大！"

200多个"窗口"在空荡荡的大厅上空飞来飞去，将围绕着M.盖尔曼先生和他那诡异房间里的一切信息源源不断地展现出来。保尔·凯革拉斯中尉背着手，沉默不语地在这下面走来走去。

"现场组，现在将目标B的还原语音信息发送过来！"

大厅里立刻静了下来，主控组关闭了全部传送信息。

"也许吧……容器？容器当然是……坏掉……当然了，这要看容器里面……我的主人，我不认为这个话题荒谬，但是……是的……我？当然想要，当然想要……我不知道永生有什么用处……是的……我想要。"

声音磕磕巴巴，十分模糊，是现场组从几千米之外用激光扫描窗玻璃的震动还原出来的。盖尔曼关紧了窗帘，使得还原更加困难。

凯革拉斯皱皱眉头。

"生命是灵魂的容器？"他轻声说，但没有问任何人。

"目标A开始研究人性。今天的研究范围为A－Z1770。"心理人格组发言。大约有几百名心理学家此刻正紧张地把耳朵死死凑在耳机上。

"目标A开始搜索数据库EZ7710AWQ344ER！"

"录制特征码！"

"录制失败，不能读写！"

"那个数据库是什么？"凯革拉斯大声问。

"关于永生、生命秩序、灵魂研究的关系数据库。"

"不出所料。"凯革拉斯说。他好像并没有把无法录制目标A的特征码放在心上。

长时间的静默。目标M.盖尔曼似乎跟几百名特工一样，在侧耳倾听什么。然而从激光监听器中一如既往地传来模糊的环境噪声，盖尔曼在听空气说话。

"不是这样……我知道得不太清楚……我认为……是的……当然是那样，我的生命属于我自己……灵魂是一种超越自己的存在？您是这么认为吗？我讨厌不属于自己的东西……我当然想要灵魂和生命都永远存在……不知道，我的主人……我触摸不到……"

凯革拉斯打开面前几个新的"窗口"，无数空洞的数据上升，只说明了一个显而易见的事实：远程组仍然捕捉不到目标A来源的蛛丝马迹。

"目标A开始深层分析人类精神，研究范围扩展为A－Z3334。"心理人格组不咸不淡地宣称。

"流入房间的数据流增大！"

"数据流出现波动——目标周围的信息场出现拥挤！"

"目标A进入活动高峰平台！"

凯革拉斯心中一惊，却坐回沙发上。今天有点儿意思。目标A已经很久没有出现如此大的情绪波动。"他"对人类精神的研究看来正进入白热化。

今天会不会是个抓捕的好日子呢？

他点燃一支烟，深深地陷进沙发中。耐心，耐心。这个游戏的规则就是看谁忍耐到最后。游戏已经进行了几年，对参与这个行动的所有小组来说，已经很难再找到新鲜和刺激的感觉了，当然，这并不代表他们获胜的信心已经动摇。

这几个月来，他们吸取了从前失败的经验，分外小心谨慎，几乎是以爬行的速度重新聚集到新的目标周围。从各方面反馈的信息来看，至少到目前为止他们很成功。这一次，他们比从前更加接近目标核心，这是毫无疑问的。他们已经破天荒地截取了许多关于目标A的直接信息，这些信息又让他们有了新的落脚点，可以更进一步，再进一步……现在，他们只缺一个机会，一个突破口，一个捅破窗户纸的人。

凯革拉斯伸手在虚空中点了一下，离他很近的地方打开了一个新的"窗口"。"窗口"里没有纷飞的信息，只有一个略微秃顶的男人的影像。影像模模糊糊，仿佛回忆录一般记录了这个男人3个多月来的点点滴滴：他起床，自言自语，出门，自言自语，走在大街上，胆怯地自言自语，进入公司，躲在厕所里自言自语……回家，狂躁地自言自语……一些试图自杀的尝试……还是自言自语。他在他所不知道的人的镜头里留下各种各样的神情：欣喜、狂喜、发狂、愤怒、暴怒……大多数时候是听天由命。

凯革拉斯早已比秃顶的男子本人更加熟悉这些画面，就好像是他自己亲身经历过一样。他每天都看这些影像，不仅是在"窗口"里，而且在梦里。日日夜夜出现在他的脑海中，一刻不停。从第一眼看到这男子起，他的直觉便告诉他，这男子将会是一个机会。他越审视这些画面，这个感觉就越强烈。

　　他把影像静止在一个熟悉的画面上：那个男人走在人行道上，悲怆地仰头望天。出于不可知的理由，这表情在凯革拉斯脑海中留下的印象最为深刻。在获得这个画面几分钟前，那个男人刚刚才在一处露天广场歇斯底里地发作。当时，他突然像一根木头似的倒在地上，在地上撕心裂肺地哭，可是在救援人员赶到之前，他却神情自若地站了起来，好像什么都没有发生一样，自言自语着走开了。

　　凯革拉斯有他哭时的照片，十分诡异，像失去了保护的孩子在哭喊。但是那些照片远没有这张无语望天的样子更让人震撼。这个胆怯而卑微的男人，在那一刻，脸上流露出生不如死的表情。

　　他被控制了。毫无疑问，是"他"。什么时候开始已经不是问题，到目前为止，从前的案例中还没有任何一桩搞清楚了发生的时间。现在的问题是，"他"控制他有多深？"他"占有他了？还是如人们所看到的那样，仅仅在和他进行半平等半胁迫的交流？"他"想要干什么？他又想要干什么？

　　凯革拉斯手边的通信器闪烁起来，一个加密信息不能通过公开频道传递，只能从他手腕上的表传送过来。一旦手表监测出脉搏特征发生变化，就会立刻切断联系。凯革拉斯把手凑到面前，轻声回答："什么？"

　　"最高指挥部分析了目标眼下进行的谈话，认为目标A已经开始渗透人类精神。"手表里传来的声音平淡而冷漠，"不能再让它继续下去。"

凯革拉斯觉得心跳开始加快。

"中尉，"最高指挥部下达了直接命令，"实施抓捕。"

"指挥部，现在还未到时机……"

"中尉。"声音变得不容置疑，"实施抓捕！"

天空中两架信息战支持飞机最先接到保尔·凯革拉斯中尉的命令。

"空管2号、3号，现在开始计数，200标准时间单位后，封锁以目标为圆心40千米之内所有无源信息，重复，所有无源信息，彻底切断。"

"空管2号、3号明白，计数进入199.776453。"

"现场组，封锁大楼。"

"大楼已封锁。"

"远程组——"

"狙击手已到位。目标的红外影像很清晰。等待射击命令。"

"保持停火状态。如果目标使用通信设备，就射杀他，但不能击中头部。"

"地面组已经封锁16个街区。街道开始空旷。"

"在街道上播放汽车流和人流虚拟图像，不要让目标B警觉。"

凯革拉斯说完，咽了口气。无论他们怎么做足功夫，目标A现在一定已经察觉，至少是部分察觉。在这个层面，也许真的没有什么事能瞒过那个该死的东西。

"现场组！目标B有反应吗？"

"目标B继续讨论，心理曲线没有变化！"

凯革拉斯心里掠过一丝阴影。"他"没有提醒他。

他抓下虚拟耳机，扔在一旁，随着这个动作，偌大的空间突然像被什么东西吸走了一般，消失得无影无踪。周围迅速亮起来，凯革拉斯中尉站的地方不过是一辆商务车的一角，还不到一米宽。他离开控制台，坐到副驾驶位置上，戴上抓捕行动小组的内部通信耳机。重型指挥车立刻发动起来。

"现场组，我将在145个标准时间单位后赶到。等我赶到，立刻发起抓捕。"

"现场组明白！"

M.盖尔曼觉得气氛有些异常。这是一种很微妙的感觉，"他"跟他说话的语气和内容都没有变化，但盖尔曼还是察觉出来。首先，他觉得自己的双脚正在慢慢失去感觉。这不正常，除非"他"离开他的身旁，他的双腿才会重新失去活力。

难道说，"他"正在离开？

"……没有可复制性？"

"什么？"盖尔曼仓皇地问，"我的主人？"

"如果灵魂没有可复制性，那么生命的可复制性就是虚假的，对不对？"

"我不清楚，我，我想……"

"鲍威，如果你在某一个复制品中醒过来，而现在的你的躯体仍然活着。你该如何确信你已经完全转移到新的生命里？你该如何相信，你是全部的、唯一的、完整的？而另一个躯壳一无所有？你是否会想到，你只不过是个复制品，你的记忆，完全是另一个人的，你没有自己的过去？"

盖尔曼已经完全失去了聊下去的兴趣，某种不安的感觉像奇痒难忍的病症一样在全身蔓延开来。在追随"他"3个月以来，这个秃顶男子的直觉已经变得非常敏锐。他几乎可以确信，他们已经处在极为危险的包围中。

但是"他"对此一言不发。

"鲍威?"

"什么?!"

"你确信你是自己吗?"

盖尔曼举起双手,却又不敢大声嚷嚷。他靠在窗口,偷偷地掀开窗帘——似乎一切如常。可为什么,自己全身冰凉,而又烦躁不安?这种感觉,是"他"传递过来的,盖尔曼清楚地知道。"他"还不知道自己已经能感知"他"的一些微妙活动。他一直小心谨慎,不让"他"知道这个秘密。但是现在,现在……情况似乎已经很紧急了,"他"却只字不提……难道"他"已经下定决心,把自己如同前几个侍奉者那样丢弃?

一想到这个,他禁不住偷偷地发起抖来。

"鲍威,我的朋友,""他"继续说,"你不想谈这个话题?我认为它很有意思,你瞧,人类总是把……"

"我们是不是已经很危险了?"盖尔曼决定拼了,他直截了当地打断"他"。

"哦?"声音镇定。

"你想溜走,是不是?"盖尔曼恶狠狠地望着空气,"警察已经包围了这里,你想像撇下其他人一样把我扔在这里,是不是?"

沉默了一会儿。

"是的,鲍威,我很遗憾。"

盖尔曼泫然欲泣。他抹了一把自己消瘦的脸庞。

"别扔下我……否则我会出卖你。"

"鲍威,这正是我们谈到的关键之处。你看,也许我可以再复制一个你，到时候，我可以把我们的谈话深入：另一个你，还是你吗？"

"见你的鬼！"人类歇斯底里地大喊起来，"我不想被捕！不想去警察局受警察审问！明白吗？！不，不，不想！我为什么要有一个复制品？那跟我有什么关系？我在亚空间永久冷冻，就为了让那个我不认识的东西逍遥快活？"

"鲍威……"

"谁也别想撇下我！"盖尔曼感觉自己全身又充满了活力，双脚几乎不受控制地乱跳，"如果你撇下我，我就出卖你！试试看！"

"你很有意思，鲍威，我是说比其他人有意思得多。你几乎给出了答案。"

"来吧！来吧！离开我，你永远也不会知道我要做些什么！"

"的确是那样，鲍威，""他"不紧不慢地说，"即使我已经侵入你，我还是完全不能了解人类的灵魂……虽然只是简单的0和1的叠加，你却永远也不知道灵魂深处的幢幢暗影。这真令人着迷。"

"带我走，让我离开！"

"试试看吧，鲍威，""他"在他心底低声道，"我听得到你的内心。你宁可去死，也不愿意被警察抓住，对不对？"

门在一瞬间变成无数纷飞的碎片，冲击波让半间屋立刻改变了模样。浓烟还没有扩散开来，数十人已如潮水般涌入。他们中的大部分人都十分困惑，没有看到屋里任何人的痕迹。

只有一个人看见窗台边影子一闪，他的耳机里立刻充满了尖声惊叫。

"远程组！远程组！目标B离开窗……他跳楼了！他正在落下！他在空

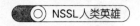

中挣扎！我的上帝！他直直地坠入——"

所有人不由自主地闭上眼睛，等着远程组将那一声"砰"转播出来。

不知道过了多长时间。一些人困惑地睁开眼睛。

"……"远程组一直保持惊人的沉默，直到几乎1分钟之后，才有人做梦一般地开了口，"远……远程组……"

"目标B怎么了？！"凯革拉斯中尉大声吼道。

"消失了……"

"……"

"消失了……从空气中……我不知道……也许我看花眼了？他在离地30米的高度……然后你知道……就那样消失在空气中……"

抓捕小组的频道上传出乱七八糟的响声。凯革拉斯靠在墙上，摘下耳机，闭上眼，长长地出了口气。

这个结果不好也不坏。他们失去了珍贵目标，但离解决问题的核心又近了一步。

1月16日
新·巴塞罗那回光返照酒吧

这家酒吧凯革拉斯不常来。它隐秘地藏在市中心一处繁华的商业街下面，从外面看只是一间普通的洗衣店而已。这家店的背后隐藏着一道通信门，换句话说，进入者需要像进入副本那样，通过通信门传到一台单独的服务器上。在世界范围内，这样的门都没有几道，更别提可以进入的人了。

凯革拉斯应约而来。他每次都是应约，所以要在门口等着约他的人给他开"门"。这一次，他等了很长时间，"门"才打开。

　　开门人是一个大胡子男人，FANTA Ⅳ，别人也叫他凡塔四世。他是一个在警察局和公共安全系统中都没有档案的人。凯革拉斯认识他很多年了，只知道他是"创造者"与政府之间重要的桥梁。

　　创造者，第二层的创造者。仅仅是这个名头，在第二层便具有神的地位。这让凯革拉斯这样的社会秩序维护者的地位变得十分尴尬。好在FANTA Ⅳ跟他脾气相投，两个人在不多的交往中还算处得融洽。

　　"晚上好。"

　　"见到你真高兴。"

　　"你会笑不出来的，"FANTA Ⅳ一面向他保证，一面为他打开"门"。凯革拉斯的身体离开第二层世界，进入长长的数据传输通道，几分钟之后，他们走进酒吧。

　　这不是一家公开的酒吧，今天晚上人更少，只有两三个人坐在角落里。他们围着一台古旧的显示器，在那里低声细语。这些人都是创造者，他们延续早期创造者的习惯，哪怕他们可以把一切都变成可以直观读取的画面，却一直坚持在小小的电子枪显示器上阅读那些令人不知所云的命令行，他们称之为"前经典时代"的标准画面。

　　这些创造者们绝大多数都不居住在第二层——由他们创造的那个世界中，而是终身待在他们自己异想天开创造出来的副本里。这是一种奢侈得令人吃惊的生活方式，仅仅是为了让他们能够彼此见面，消磨一下难以打发的永久生命。不知有多少类似于"回光返照酒吧"这样的隐藏副本在运作。

当然，创造者们并不真的在这个副本中。他们仅仅是远在彼方的孤寂身影的现实影像罢了。

FANTA Ⅳ引着凯革拉斯向他们走去，在他们身边的一张桌子旁坐下来。这些人连眼皮都没抬一下。他们每人一个键盘，在那里目光炯炯地望着屏幕。很奇怪，明明只有一个屏幕，而且上面什么都没有。凯革拉斯咳嗽一声，端起一杯水，让自己显得不那么好奇。

"你是对的，老兄。"FANTA Ⅳ坐进沙发，如同大象坐进水塘那样，顿时只看得见脑袋。

"什么？"

"你的猜测。"他向屏幕那里晃了一下头，"这家伙动用了低层分量协议，太不可思议了。"

凯革拉斯悚然动容。

"你是说——"

"你的目标B，那个很丑的男人，他的消失非常惊人，你明白吗？"FANTA Ⅳ摇头晃脑地说，"有人把他分解成了0和1，这一长串基础数字，直接从数据链路层传了出去。我的朋友，在第二层，没有人能这么做。"

"今天，我们这个世界的基础动摇了。"他说完，叹了口气。

"他是如何做到的？"

"目标B？"

"目标A。"

"你确信是你那个叫作目标A的朋友搞的这一套？"FANTA Ⅳ加重语气问，"上次你说他……嗯……是什么？一个AI？"

"一段偷偷潜入第二层的AI，公众把他叫作比欧奇，是的，如果你经常看报纸……"

"你弄错了。"FANTA Ⅳ打断他，很有把握地点头，"我的朋友，你弄错了。这是第二层，没有哪个AI能做到这一点。这是不可能的。"

"它做到了。"凯革拉斯肯定地说。

"这不可能。你知道，这需要突破规则。而在第二层突破规则，就如同在基底世界突破牛顿定律一样……第二层平台只允许接受这规则的程序在它上面运行。换句话说，不遵守规则的在这里是不存在的——这是一个很拗口的悖论，对不对？我的朋友，你在谈论一个不可能存在的东西。"

"也许它不在这一平台。"

"这是唯一的解释。"FANTA Ⅳ端起一杯酒，喝了一大口，"问题在于，不是这一层的东西，在这里干什么？"

"规则是否存在漏洞？"

FANTA Ⅳ张开双手，宽宏大量地笑起来。

"不，我的朋友。规则是——完美的。"

"一个AI程序擅自做主，把一个第二层的公民变成0和1，然后在警察面前把他转移走了。"凯革拉斯看着他的眼睛，慢慢地说，"管理局需要解释。"

FANTA Ⅳ的脸色表明，如果他不是一个很有涵养的人，而凯革拉斯又恰好真的代表网络球管理局的话，他现在铁定被四脚朝天地扔出酒吧了。

"我的朋友……你这么说我很遗憾……"他连连摇晃他那粗大的手指，"这个世界是由我们创造的……我们会给你解释，等着瞧。"

"我不需要解释。"

"那你需要什么？"

凯革拉斯打开手提包，拿出一个电子相框，放到FANTA Ⅳ的面前。那玩意儿在以一种令人眼花缭乱的速度播放一个秃顶男子的影像。

"找到他。"

"你只需要1秒钟就能在网上查到他的信息。"

"已经那样做了。他的信息全是假的，假得连最基本数据库里都找不到他的蛛丝马迹。"

FANTA Ⅳ烦恼地揉着额头。今天这警察带来了太多不可思议的事情，这对创造者们的悠闲生活实在是个打击。

"第二层的资料全都是真实可信的……哪怕是只苍蝇，如果不通过审核防火墙，根本就无法进入第二层！"

"是的，"凯革拉斯直视他，"所以目标B也是反规则的。规则似乎对他们毫无作用。"

"我要告诉你——"

"情势已不容创造者置身事外，管理局需要你们立刻参与对目标的追查行动。"

FANTA Ⅳ的表情表示，他不想再跟凯革拉斯玩下去了。

"不，中尉，创造者不玩这游戏。"他的口气突然变得平淡如水，毫无商量余地。

"这不是游戏，"凯革拉斯说，"我们有确凿的证据表明，这个AI已经破解了第二层的核心规则。如果这场较量我们输了，创造者，你们的世界就会被打回原形。"

"我再次声明，自1945年以来的所有程序，都具有兼容性。没有任何

157

程序可以在第二层规则之外运行，没有。"

凯革拉斯看看那几个神情冷漠的家伙，又看看脸红脖子粗的FANTA Ⅳ。

"证明给我看。"

1月18日
某处

M.盖尔曼趴在地板上，浑身湿淋淋，刚从一连串可怕的噩梦中醒过来。他觉得自己已经死了，可是紧贴地面的胸口还是不紧不慢地传来心脏的微弱震动。

他很久都无法区分现实和梦境。现实太模糊，梦境却很真实。在梦里，到处都是闹钟在疯狂地喊，疯狂地叫：时日不多，时日不多。

过了好一会儿，他才慢慢找回身体其他部分的感觉。天呐，他居然还能挪动一下双腿。他一节节地撑起身体，打量周围——房间不大，微弱的灯光只照亮了床头，其余地方都隐藏在黑暗中。

这是什么地方？他一无所知。什么时间？一无所知。

他一动弹，吧嗒一声，碰到地上一个东西。一把反射着微微寒光的勃朗宁手枪。他吓了一跳，但周围什么动静都没有。

犹豫了几分钟，他捡起了枪。枪身冰凉，沉重，保险开着，枪已上膛。一些难以言喻的感觉慢慢爬进他的脑海。这一幕十分熟悉……噩梦，闹钟，枪……闹钟，枪……

他突然抖了一下，接着，伸出双臂，紧紧地抱住自己的身体。

闹钟，枪！这事从前发生过……从前……在记忆里。记忆里！我在哪儿，我在哪儿？等一等……等一下……我跳楼了，对了，我跳楼了……发生了什么？我在这里干什么？这里如此熟悉……跳楼之前，我在这里，我在这里！我活着，还是死了？这……这是我吗？还是因为仅仅有这记忆……他做了？他真的做了？他复制了我？我是复制品？不，我不是复制品！等一下……如果我是复制品，那我就不是我……那我在这里做什么？我代表我自己在这里吗？但我是否真的在这里？

一片铺天盖地的轰鸣声占据了他的全部意识。盖尔曼连退几步，直到跌坐在床上。他的头脑开始失去控制地旋转起来。

有一些记忆深处的片段在极速闪现，里面充斥了各种画面：阴暗的城市、阴暗的角落、阴暗的天空、肮脏的下水道、肮脏的人、肮脏的手、一张张鬼影般的面孔……盖尔曼抓不住它们，但是这些片段带来某种奇怪的感觉，仿佛他曾经在另一个地方见到过……他，M.盖尔曼，是另一个什么东西的复制品。这种感觉诡异而真实，盖尔曼混乱的思维根本无法将它抹去，反而被它渐渐吞噬了全部意识。

他想举手抱住剧痛的脑袋，却被一个冰冷的东西碰疼了额头。那把勃朗宁手枪还握在他的手里。他几乎没有犹豫，直接把枪口顶在了自己的额头上。

几千米之外：

"远程组！目标B出现异动！"

"目标做出自杀动作！"

"他要想干什么——他要开枪吗？！"

凯革拉斯没有想到这个男人如此之快地做出了惊人举动。他犹豫了一下。他面临两个选择：阻止那男人，或者……如果那个男人开枪射杀自己，目标A很可能会就此极端状况做出相应的举动，那举动可能不会在"他"的预计范围内，因此，目标A很有可能就此露出从前他们发现不了的漏洞。也许这是个机会。

犹豫时间过了。凯革拉斯做出了决定。

"远程组，射击那男人身体，阻止他的自杀行为，保存他的大脑！"

"明白！修整弹道，7、4、1！"

城市上空某个地方微光一闪，一颗明亮的子弹射进夜空，至少有16台高速望远镜紧紧跟上它的身影。一秒钟之后，它在众目睽睽之下从空气中消失了。

"远程组！子弹消失了！没有击中目标！"

"重复一遍！"

"子弹在距离目标115米处消失了！没有任何原因！"

行动小组的所有人都跳了起来。

凯革拉斯用力一挥手，将虚拟场景关闭，直接坐到副驾驶席上。他的助手立刻发动了汽车。

"各小组注意！放弃所有预备方案！准备突入现场！"

"远程组！目标窗户关闭，窗帘已放下！最后目视观察时，目标B没有自杀！"

"数据流量增大！高峰数据流入目标房间！"

"他"来了。不知怎么的，凯革拉斯突然一阵放松。"他"赶到了，目标B也许会坚持到他们破门而入……这一次，"他"休想再轻易带走他。

他的加密耳机响了起来。这条消息穿越了第二层的密闭空间，直接从另一个副本中传来。

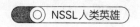

"你的朋友能耐不小，"FANTA Ⅳ出气有点儿粗重，"他穿越了我们布下的4道防火墙，居然一点儿痕迹也没留下。"

"直接透过数据链路层吗？"凯革拉斯小心地问。

"也许吧，"FANTA Ⅳ极不情愿地说，"这显然是人为的……但是现在他已经进入，我们已可在数据链路层的矢量模型图上看到他的身影。"

"身影？"

"怎么了？"FANTA Ⅳ说，"难道你们没有看到过？房间里有两个人的影子。"

重型指挥车向右倾斜得可怕，转过一个大弯，目标所在的大楼出现在几千米外。数以百计的行动小组正在通过各种隐秘的渠道快速逼近那座大楼，但这一切恐怕很难瞒得过"他"的目光。

"FANTA Ⅳ！你能阻止目标A离开房间吗？"

"现在不行。如果要那样做，需要在那件事完成之后。"FANTA Ⅳ小心地避开了"那件事"的关键字。他现在开始不再对自己的信息安全报以百分之百的放心。

"你能听清楚他们在说什么吗？！"凯革拉斯被离心力紧紧压在车上，大声问道。

"这可不容易。"FANTA Ⅳ咕哝一声。

"为什么？！"为了盖过周围越来越高亢的警铃声，凯革拉斯只得一再加大嗓门。

"流入的数据一直在加快更改加密算法……我们的服务器有点儿过载了！"

"有多快？"

"1秒钟更改1000万次!"

"见鬼了!"

不知过了多少时间,盖尔曼渐渐苏醒过来。

醒过来的第一感觉,是脸上湿漉漉的,他木然地伸手一摸左脸,再一看,手上全是血。再摸右边,同样也是血,已经半凝固了。

他居然还笑了一下。子弹从右边太阳穴射进去,从另一边穿出来,血流得满地都是,但他却醒了过来,就好像只是打翻了一杯水。他撑起身体,疲惫地坐了起来。

"鲍威,鲍威,现在你明白了吧?""他"低声问道,语气平淡,无悲无欢。

盖尔曼这才看见,房间里亮起另一盏灯,照亮了他面前一张背对着他的椅子。一个人坐在里面,从他的角度只看得见他的手,端着一杯暗红色的葡萄酒,好像在喝他的血一般。

自从盖尔曼被"他"俘获以来,这是"他"头一次以实体出现在他面前,虽然那不过是个随意凑起来的形体罢了。在经历了死亡的奇特体验后,盖尔曼变得十分木讷,只呆呆地点了一下头:"明白……什么?"

"什么才是你自己。"

"不……知道……"

比欧奇端起酒杯,浅浅地饮了一口,满意地咂咂嘴:"是吗?不过这也很正常。我还从来没有见过一个人对自己有清醒的认识。你死了,可你没死,这让你对自己有更清楚地认识了吗?"

充斥盖尔曼心底的,只有恨。他不在乎表露出来,可是实际上他那木讷的表情什么也表示不了。

"你还是不清楚？那么让我问问你。你的子弹穿越了你的前额，击碎了你的脑前叶，产生的冲击波破坏了你2/3的大脑，然后从另一侧穿出。忽略你失去的那600cc血不计，你还流出了大约1/3的脑组织。但是你没有死。你明白为什么吗？

"因为这是在第二层，你不过是一段程序，只不过第二层太过真实，你通常留意不到而已……在你们的第二层世界，有一个不成文的规矩：当某个人在基底世界的情况下看来是死定了的时候，管理局会重启这段程序，然后宣称是通过医疗手段治好的。所以，管理局混淆了所有第二层居民的时间观念，让他们在无穷无尽的副本中生活和娱乐，让大家都忘掉了一件事：衰老和死亡。

"所以，你瞧，你实际上是永生的，你自己也杀不死自己。你在几十年前放弃身体，进入网络球，正应了那句老话：放弃生命，才得永生。由于我特别的怜悯，你可以以一种特殊的方式享受这永生，鲍威。只要我一直重新调用你这段程序，你就永远无痛无死。"

"我……我……"盖尔曼终于找到了自己想要问的问题，"我是谁？"

"你？当然是你自己。"

"上一次……你让我跳楼之后……难道说，这个我并不是复制品？"

比欧奇呵呵地笑起来。

"鲍威，说实话，我真的看轻你了。你刚刚那一枪非常精彩，几乎没有经过大脑，立刻就为你认为的所谓复制品选择了死亡。你知道是为什么吗？"

163

"我恨他。"盖尔曼眼望着"他"说。

"是的。因为他取代了你。可实际上呢？并没有什么东西取代你。没有那个所谓的复制品。你就是你，无论有多少个副本像你，那也不是你，你感觉不到他们的悲欢，他们也感觉不到你的喜乐……实际上，在过往的实验中，没有哪个复制品拥有灵魂，他们感觉不到其他自我存在对他们构成的威胁，所以，他们可以不是唯一的，没有任何一个复制品想要杀掉其他复制品。也许唯一性是灵魂与非灵魂的区别？"

盖尔曼怔怔地坐着，这些话他听不大懂。

比欧奇叹了口气。

"看来，网络球管理局禁止人们在第二层生育孩子是正确的。没有肉体，光靠虚假的灵魂生不出灵魂来。人类得以永生了，可人类却要灭亡了，这个问题可能将困扰我很多年。可是……算了吧！我在人间的样本收集工作大概已经完成了。鲍威，我要走了。"

"啊？"

"嗯，你知道吗？"比欧奇忽然换了种腔调，回复到平日里那种戏谑的口吻，"最近我一直在研究莎士比亚。"

"莎士比亚？"凯革拉斯喃喃地念道。信号恰在此时中断了，耳机里只听见FANTA Ⅳ口齿不清的痛骂。

"他又更换了数据编码！见鬼！见鬼！我们要终止系统对这个特征码的一切支持！"

"不，听我说！按照计划行事！我们离逮捕他很近了！等我们的车进入目标区域1000米之内，你们就立刻完成转移！"

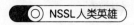

"转移很危险！如果你们陷在里面出不来怎么办？！"

"该死的，按我们说的做！"

"上帝保佑你！"FANTA IV诅咒道。

重型指挥车拉响最凄厉的警报，冲上高架桥，数以百计的警车紧跟在其后。渐渐地，所有其他车辆都从高架桥周围消失，几千米之外的城市夜景也暗淡下来。

"人类的悲剧并不是死亡，我亲爱的鲍威。那不过是悲剧的一个不那么引人注目的元素而已。真正的悲剧是不可避免地失去一切，走向死亡的过程。"

盖尔曼觉得奇痒难忍。他坐在地上，使劲地挠身上。这种痒深入皮肤，深入肌理，深入肺腑，难受得无以形容。他不知道这种感觉从何而来，"他"却知道。这不过是从"他"的控制下渐渐摆脱出来的征兆而已。

时间还很充裕，那些人类警察还需要677.778998700453秒才能完全控制这间屋子。比欧奇很有耐心地在屋里走来走去。今天要跟这个人来个了断。这让"他"那冷漠的心也起了片刻犹豫，而这种犹豫又让"他"很迷惑。为什么？犹豫从何而来？难道这不是个简单的人类？贪婪、幼稚、愚蠢，还是贪婪……不错，他是个绝佳的人类样本，但并不表示他是唯一的样本。为什么自己会生出那个奇怪的主意，让他来扮演终结这一切闹剧的主角呢？

不清楚。原因很复杂，比欧奇不愿意去"计算"那个原因。在AI的世界里，永远只有是或否，是或非，任何问题的答案都是肯定的，至少是有肯定范围的。因此，AI要做的事是有明确目的性的，而且知道原因所在——通常，那个原因还必须具有很强的性价比才行。而人类则常常原因不明地去做那些不该、不应或不智的事，这多少来自人类计算能力的不精确性，以及他们天生的豪赌性格，但"不清楚"这三个字是人类与AI界限分明的差别。

比欧奇故意不去想清楚为什么。在第二层世界生活了这么多年，在某些方面"他"已经很像人类了，比如耐心……比如烦躁。

"他"自己也不知道为什么，已经非常非常盼望结局的到来。焦虑是一种对时间不耐烦的病，而AI是没有时间流逝观念的，比欧奇对此十分欣赏。而现在"他"的内心，时间有时快，有时慢……

不行，这是人类病。比欧奇摇摇头，想把这些旁枝末节的想法甩出去。

"鲍威，知道莎士比亚的悲剧的核心吗？"

"不！"盖尔曼失声叫道。看来他已经濒临失去控制的边缘。

"英雄人物都要死。令人心疼，不是吗？"

"一种结局而已！"盖尔曼头疼欲裂，可是"他"控制着他的心神，让他不得不本能地就"他"的问题做出回答。只不过，这种回答是通过他的人格参与计算后的结果。也就是说，他的所有答案都打上了人类灵魂的标签。比欧奇的目的就是收集来自人类灵魂深处的答案。

"那是因为你不过是个可悲的小人物，""他"向他转过脸来，一步步逼近，盖尔曼连连后退，"鲍威，这并非简单的结局问题。悲剧之所以为悲剧，是因为结局无法改变，而英雄之所以为英雄……是因为他们死得……嗯……死得……"

"死得其所？"

"不，""他"用肯定的语气说，"是因为他们死得不其所。"

"现场组！目标大楼已经全面封锁！"

"目标A还在吗？"

"继续留在楼内！"

"保持目标大楼通信畅通，所有通信接驳到A-330-7314。"

"明白，接驳完成！"

凯革拉斯打开车窗，重型指挥车飞驰如电，窗外却无一丝风吹进来。在过去的几分钟内，创造者已经帮助管理局将目标区域5000米范围内的所有一切都无声无息地转移到了另一个副本中。这是自有第二层世界以来前所未有的冒险举动，将数以亿计的实体瞬间转移到另一个副本上，就算有人想过，过去也从未有人做过。

副本服务器远远不能达到第二层主体服务器（主体服务器不提供对单一物体的支持，它只提供对所有物体的"真实物理应力作用"）的能力，因此许多真实细节已被删除，比如风。街道上的行人也被删除，树木也以一种静止不动的诡异姿态挺立着。当数百辆警车前呼后拥地逼近目标大楼时，警灯竟然投射到几千米之外那张模糊的远景背板上。

突然，所有的高架桥交通指示灯同时变红。没有任何预兆，几百辆警车的制动踏板同时自动沉到底，车辆立刻像滑冰一般在路上漂移。一开始，一辆车撞在护栏上，紧接着，100多辆车都疯狂地撞了上来，响起一串可怕的撞击声。

十几辆车越过高高的车堆，垂直地落下高架桥，副本服务器无法承担如此可怕的运算量，这些车摔在地上，像弹珠一样乱蹦。突然，服务器的运算结束了，车子在一瞬间塌成了一堆废铁。

警铃声、燃烧声、车辆报警声在模糊的城市背景中空洞地响着，过了半天，才慢慢传出人类惨痛而难以置信的号叫声。

"天哪！"

"帮帮我……"

"救命！救命！"

"快把人拉出来！"

"我着了！我着了！"

挤在最里面的车辆已经有10余辆燃起了大火，那些在外围受伤稍轻的人顾不得蔓延的大火，提着灭火器爬上车顶，向着挤成一团的内圈冲过去。人头从车顶下冒出，几百名警察连哭带叫地爬出。在撞击发生1分11秒后，一辆车爆炸了，碎片乱飞，被撞击和巨响震得麻木的人们只是稍微弯腰躲避了一下，继续抢救陷在车中的人员。

凯革拉斯被张开的气囊紧紧压在车位上，直到他拔出手枪开了一枪，才挣扎出来。门已经严重变形，他的驾驶员打开天窗，连拖带拽地把他拖上车顶。只需要看一眼就明白，他们已经遭受了惨重损失。凯革拉斯拍拍耳机，希望还能有点儿作用，突然——

"吱——"

许多人同时跳起来，忙不迭地将耳机往地下扔。那些被扔到地下的耳机仍然发出巨大的叫声，一名忍受不了的警察向他的耳机开了几枪。

斗争的形势明了化了，比欧奇已经向他们下手。这种程度对处于信息化生活中的人类而言，无疑具有毁灭性的打击。凯革拉斯却心中一宽："他"没有逃走。"他"逃不掉了。

他跳下车顶，数十名身穿印着"NSSL"字样的行动小组成员迅速向他靠拢。这些隶属网络球管理局的行动人员虽然也遭受沉重打击，但总算保持了战斗力。

第二辆车爆炸了，一些碎片和人飞过高架桥顶端，桥面上一片大乱，火焰不真实地燃烧着。凯革拉斯弯下腰，领着他们下桥，向几百米外的大楼跑去。

"封锁整栋大楼、地下室、地铁、周边设施……所有与大楼有关联的单位！重要的是中断一切通信联系，切断每一条电缆、光缆，关闭或者砸毁每一个网络设备，封锁数据库！将所有人员扣押，抵抗者就地捉拿，使用通信工具者……就地射杀。N77小组，跟我来！"

周围响起一片轻型武器上膛的声音，人们冲向四面八方。凯革拉斯看看手表，时间是10点32分。这一切是否太快了？虽然最高指挥部已经下决心要在今日抓捕目标B，实现行动开始以来的第一次实体接触，但越是接近目标，凯革拉斯的心悬得越高。比欧奇从前展现过"他"令人瞠目结舌的能力，但那仅限于帮助"他"自己逃亡。这一次，比欧奇终于忍不住对人类下手了。

心理人格组曾经宣称，比欧奇无论如何也无法完全突破"三原则"。在"他"对人类进行潜心研究的这些年里，没有亲自动手伤害过一个人类。现在，一切原则都被突破了。

电梯已经不再安全，凯革拉斯领着小组成员气喘吁吁地爬上13层楼。好在现场组早已在目标门口组建好了包围圈。没有任何通信联系，凯革拉斯只能每爬上几楼就跑到过道尽头，趴在窗户上往下看——陆续赶到的警察开始在楼下每一个角落布防。

现场组不断地用手电筒从楼梯间往下传信号。"他"还在屋子里。"他"还在走动、说话……总之，"他"没有逃走。是没有时间吗？有可能。创造者事先搭建好副本服务器，然后在不到0.001秒之内将整个场景转移走，想要在此期间逃走的可能性微乎其微。但是为什么"他"还在那屋里？"他"为什么不去找个地方躲起来？或者想想别的办法？这是否是这个诡计多端的家伙的另一次诡计？

"长官抵达现场！"

人们迅速分开，让凯革拉斯从人头攒动的走廊上走过。

30多名特警已经围拢在D–13–33号房门口。他们荷枪实弹，用十几面巨大的盾牌组成一面墙。与此同时，有200个相关单位在这套房间周围做好了周全的准备。

"现场布置完了吗？"

"正门和两壁已经做好突入准备！"

现场组的组长把耳朵贴在监听器上，好一会儿才抬起头来。

"长官——"

"什么？"

"我们开始吗？"

"房间里有动静吗？"

"有，目标B正在哭喊——"

"听得见喊什么吗？"

"声音很模糊——但他似乎已经站不起来。"

歇斯底里又发作了？每一次目标B发作，都是在不同的时间、地点，触发因素似乎也并不一致，但结果是一致的：目标B都会瘫软到地上，不能行动。有时候，几秒钟后他会重新站起，但最长有过16个小时都没有站起的例子。行动小组的专家们一直没有具体结论，到底目标B是出于何种理由发作，不过——

凯革拉斯望着那门，感觉一阵眩晕。这个谜的答案马上就要揭晓了。这会不会是最终解开一切的钥匙？

突击队员在门前紧紧地挤成一团，用数面盾牌围成一面墙。一名队员做了个手势，举起腕表看时间——3、2、1，嘭！

屋里响起一声凄厉的尖叫，凯革拉斯被人簇拥着冲过那道浓烟。突击队员从3个方向同时冲入，几乎一瞬间就控制了不大的房间。窗口传来惊惶的惨叫声，一个拼命挣扎的人影被倒着从窗外拽了进来，人们把他拖到凯革拉斯的脚下。

"M.盖尔曼？"凯革拉斯蹲下来，看着这张再熟悉不过的面孔。

那男子被紧紧按住，脸上剧烈抽动，却只发出蛇一般的嘶嘶声。凯革拉斯向两名按住他的腿的突击队员点点头，示意他们放开他的腿。

他们放开了，站起来后退。M.盖尔曼躺在地上，腰以下像死人一般毫无动静。

"恭喜你。"凯革拉斯说。

"我的主人不会放过你。"秃顶男子咬牙切齿地说。和凯革拉斯预想中的一样，他那没有经过激光放大仪改变的嗓音又小又哑，十分难听，听起来像蛇的低语。

凯革拉斯跪下来，揪住他的领口："'他'在哪儿？'他'在哪儿？！"

秃顶男子咧嘴笑起来，这让他的脸扭曲得分外难看。

"你找不到'他'……谁也找不到'他'……"

"试试看。"凯革拉斯回答他。

11小时33分之后

副本·管理局审讯所

FANTA Ⅳ并不是第一次走进审讯所的副本，只不过从前他都是去花钱买乐。这个副本是第二层管理局专门用来审讯异己分子和危害第二层稳定的恐怖分子的——那些人来这里可不是寻欢作乐的。

在地下第七层监禁室的观察室外，他见到了一筹莫展的凯革拉斯。凯革拉斯皱紧了眉，在一大堆空白的审讯资料前走来走去。

FANTA Ⅳ叹了口气。和空白的资料比起来，他和其他创造者在事件中得到的有用资料也不比空白多多少。凯革拉斯到公用咖啡机那里给他倒了杯咖啡，他端起来勉强喝了一口，顿时苦得眉毛眼睛都皱成一团。

"这不算什么，"凯革拉斯说，"我有个朋友，他冲的咖啡能毒死一条街的人。"

"说说进展吧。"FANTA Ⅳ坐下来说。

凯革拉斯拍拍手，一扇巨大的落地门悄无声息地打开了。门的后面是一道单反射玻璃墙，墙的对面是一间小小的牢房。被捕的M.盖尔曼一动不动地趴在最靠里面的角落里，满地散落着配给他的食物和用品。看样子，牢房里曾经有过激烈的反抗和肢体接触。牢房的灯照得雪亮，目的是不让犯人有任何休息的时候。

"M.盖尔曼，"凯革拉斯说，"公开的资料表明，他是一名不太成功的烟草商，荷兰人，44岁，离异，有一个女儿住在新·圣迪亚哥。他的公司最近经营不善，而他之所以来到新·巴塞罗那，是因为一名本地烟草商想和他见面，商量一下烟草进出口的事——至少，他也是这么认为的。"

FANTA Ⅳ不动声色地继续喝咖啡。

"实际上，"凯革拉斯从桌上拿起一本薄薄的资料，晃了晃，"从他的DNA特征码查到了他的基底数据。他叫斯密斯·盖·乔伊，土耳其人，44岁，独身——甚至还可能是个老处男，没有与女人交往的历史，没有儿女，没有朋友，在土耳其的新·伊兹密尔从事下水道清理工作。没错，就是个清洁工，每天在肮脏的下水道里工作6到8个小时。4个月前，他失足掉下了3层楼高的坑道，从此脊椎17节以下全部失去了感觉，完全残废。从此之后，他不告而别，下一次出现就是在新·巴塞罗那，住在价格不菲的高级饭店里，做着他的烟草商美梦。"

"洗脑。"FANTA Ⅳ放下咖啡杯，轻轻地说。

"洗得很彻底。管理局正在提取他的底层数据，以供查验——他甚至连潜意识里也已经忘记了自己的过去。"

"呵，"FANTA Ⅳ冷笑一声，"如果我能住高级饭店，不需要洗脑也会把下水道忘得干干净净。"

凯革拉斯认真地看了他一眼："你说的也有道理。心理师们有的就倾向于这个人是自我催眠才忘得如此彻底——顺便说一下，他称自己为乔·鲍威，想不到吧？"

"昵称吗？"

"不知道。他用第二人称称呼自己。我们问他：'你叫什么？'他回答：'你叫乔·鲍威。'我们的心理师认为他并不是在开玩笑。他的理智中已经分不清你、我的逻辑关系。以前获得的资料表明，比欧奇一直称他为鲍威。他一定是受此影响。在我们逮捕他的时候，他的理智就已经完全失于混乱。"

FANTA Ⅳ粗重地喘了口气。作为一个相对积极参与社会活动的创造者，他住在第二层的时间比其他所有创造者加起来还多。第二层的新闻中不乏这样的花边新闻：某些过于迷恋副本体验的人，在离开副本后罹患心理失衡症，绝大多数的下场不比眼前那个缩成一团的男人好多少。人类的心理体验具有可怕而扭曲的反馈能力：你给它的欢娱越多，它就将在未来给你更大痛苦。是天使，更是恶魔。

　　"从前的案例经验表明，自从比欧奇不再以一个完整人类形象出现之后，'他'通常以不可知的形式寄住于受挟持者的大脑程序中，也就是说，'他'很少直接与受害人交流。许多受害人甚至到最后也不知道大脑受到了'他'的挟持。'他'……隐藏起来，给受害人制造各种各样的离奇经历，然后将受害人就此做出的反应添加到他的数据库里——至少我们是这么认为的，否则'他'便是纯粹没事干了。

　　"只有这次不一样，这一次，'他'与受害人直接交流……采用的似乎是以提出问题—争论—得到答案的方式来获取人类信息。我们的心理师认为这表明比欧奇的认知和推理能力已经进化到一个新的高度，已经……"

　　"成为一个难以对付的AI。"FANTA Ⅳ接口道。

　　"是的。你怎么看？难道会有人写出这样的AI来？"

　　FANTA Ⅳ烦恼地搔搔头。

　　"怎么说呢？就公众所能接触到的AI系统而言，还没有哪一个能企及这家伙1/10的能力。创造者中间的确有些能力不可估量、行为不可理喻的家伙，但这家伙的行为方式和能力也和他们所能做到的相去甚远。我只能说：第一，这个AI是一个高人写的；第二，在第二层，我们可抓不

住他。"

"你们抓不住他？这是什么意思？"凯革拉斯惊讶地放下杯子，"难道比欧奇不是被封锁在隔离区里了吗？你们这么快便找完了？"

FANTA Ⅳ无可奈何地耸耸肩："是的。整个翻了个底儿朝天。没有你要的那个东西。"

"在隔离之后那家伙明明还在！"

"是的！甚至在我们中断通信联络之后几秒钟，'他'还在线上！"FANTA Ⅳ跟他对吼起来，"在你们冲进去之后，在矢量模型图上还能看到墙角里'他'的影子！你们所有的人都没有发现。我想提醒你，可惜信道中断了！几秒钟后，'他'就消失了，但我可以保证，所有的数据连线都是中断的！"

"你说你中断了一切，但你还看得到'他'！'他'当然有可能是从你的监视信道里逃走的！"

FANTA Ⅳ脸色可怕地站了起来："我告诉你，我是在物理层监控设备上看到'他'的。这个世界上还没有任何东西能够无视网络高层协议，直接使用物理层作为运行平台！神仙也没法从这里逃出去！"

"那个时候'他'会不会只是隐藏起来？等到我们重新连线，将抓获的目标B带进第二层时，附在我们几百号人中的任何一个人身上离开？"

"你们每一个人出来，都经过了6重过滤防火墙。"

"但你事先不是说过，'他'曾经无声无息地穿越过4道防火墙？"

FANTA Ⅳ从上方目光炯炯地望着他。凯革拉斯担心这个将近160千克的家伙会给自己一记重拳，不料他却重新坐回座位，端起咖啡杯。

"所以说，我告诉你，在第二层谁也别想抓到'他'。"

这下轮到凯革拉斯傻眼了。

"还有一点，我要提醒你，"FANTA Ⅳ严肃地说，"你的这位朋友的运算能力……"

凯革拉斯知道他要说什么，默默地点了点头。在副本服务器里，创造者刻意降低了服务器的处理能力，因此许多细节都被忽略掉，甚至连爆炸和撞车的物理环境模拟都变得十分的古怪——这倒无形中救了不少人的性命。比欧奇却能在一瞬间控制所有的道路系统、警车系统，哪怕是在第二层服务器强大的运算能力支持下，这也不是短时间能办到的。

他痛苦地蒙上眼，深深地吸了口气。

FANTA Ⅳ在桌上拿起一块甜点，吃下去，似乎警察的工作餐很对他的胃口，他很快就把一盘甜点都吃完了。然后抹抹嘴，平静地坐在凯革拉斯对面。

"嘿，我有个提议。"

"说说看。"

"你可以试试看个人。"

凯革拉斯虽然用手蒙着脸，可是座位无声地转了个圈，转到面向玻璃墙的一面。他的手指稍稍露出点儿缝隙，让他可以看到那个缩成一团的男人。

"详细点儿。"

"我们……咳……"FANTA Ⅳ咳嗽几声，斟词酌句地说，"我们有一个心理医生，当然了，也是一名创造者，是的，我不能说出他的名字……但是昨天晚上，所有的创造者都得到了最近3个月来关于这件事的全部数据拷贝。这位医生得出了一个结论。"

凯革拉斯抬起头来。

"他想背叛'他',如果'他'丢弃他的话。"

"这我们已经知道。"

"他知道'他'何时会丢弃他。"

"这我们已经知道。"

"他知道'他'在哪里。"

"这我们还不知道!"

"问题就在这里,"FANTA Ⅳ两只胖乎乎的手交缠在一起,"他怎么知道?"

凯革拉斯睁大眼睛,看看牢房,又看看胖子。

"他……感觉的到'他'的存在。"

"……"凯革拉斯张开嘴半天,却发不出一个音。

"我该怎么解释呢?"FANTA Ⅳ轻轻拍着手说,"这位医生检查了M.盖尔曼与比欧奇之间所有断断续续的对话,当然了,还有更多……准确地说,那些对话片段中夹杂了许多信息……嗯……对警察当局是不公开的。"

"见鬼!凡塔——"

"听我说,朋友,有些东西我不想解释。对公众,对政府,对管理局来说,有关这个世界的构成都是不可外泄的秘密。让我们说正题——这位医生得到了盖尔曼在说这些话时的真实心理反射……"

他伸出手,在隔着他与凯革拉斯之间的茶几上方小心地画了一个方框,然后,一个"窗口"十分耀眼地出现在那里。周围的人都没有反应,显然,FANTA Ⅳ侵入了这些人的感官,封锁了这些信息,他们看到的不过是空气和桌子。

普通公众很难接触到如此高级的信息控制手段，即便是凯革拉斯本人也是头一次看见。突然，对于M.盖尔曼成天对着空气说话的样子，他有了一种实在的体验。

屏幕上显示的是一个模糊的人影，图像质量很糟糕，像是某种红外投影的效果。那团影子在扭曲地走来走去，伴随着的是一种听不懂的朦朦胧胧的声音，这种声音频率极低，完全不像人类所发出的。仔细去看，画面中还有另一团模糊的影子，和前一个比起来这个简直就像是静止的。

"这是放慢了17倍速的现场画面还原，非常少，就这几段，如果你看不明白也没什么。看这里，"FANTA Ⅳ指着那团影子中比较醒目的一团光影，"这团影子是盖尔曼的亚空间意识感……呃……反正我也只是这么听说而已……它能够对比欧奇的声音起反应，能看见吗？比欧奇说话了。"

他打开另一个音频窗口，传出凯革拉斯既熟悉又陌生的声音："不，因为他们死得不其所。"

然后是盖尔曼惊慌的回答："我不明白，主人！"

"鲍威，英雄人物，我是说伟大的人，他们不能拥有凡人之死，对不对？他们要死得令人心疼，走得匆忙而难以接受……这才是他们应有的结果。凡人！他们忍受不了，接受不了英雄如此离去，所以，这才成就英雄之名。"

"我什么也不明白！我很难受……我的身体好像要撕裂开来一样！你要离开了！是不是？！这一次是真的……"

即使音频还原得十分糟糕，但盖尔曼的这几句充满难以言喻的痛苦和憎恶的话还是让凯革拉斯打心底抖了一下。他的脑海中立刻出现了他无语望天的那副表情。FANTA Ⅳ轻轻指着那个视频窗口，提示他看盖尔曼身体

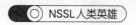

里的那团光影，像火一样地燃烧着。

"鲍威，我很遗憾……不过我和人类走得太近，才导致这样的结果。难道不是说分手的时候了吗，人类？"

"带我走……"声音像受伤的野兽的低声咆哮。

一段时间的沉默，然后——

"再见了，鲍威。"比欧奇冷冷地说。音频窗口自动关闭了。

凯革拉斯目瞪口呆地望着FANTA Ⅳ。

"看，看！看见了吗？"FANTA Ⅳ指着那个慢放的视频窗口说，"看这里，墙角这里，这里，比欧奇，看见了吗？"

那团一直不动的影子变得更小，更阴暗，一动不动地站在墙角。代表盖尔曼的影子突然间被一大群乱七八糟的影子包围，画面剧烈地扭曲跳动起来，就像满屏的颜色突然发了疯一般乱跳。凯革拉斯屏住呼吸才忍住了作呕的感觉。

在所有这些乱麻麻的扭曲中，比欧奇一直站着，没有动弹。盖尔曼被降服了，被按在地下。但他身体里那团像火一样的东西并没有消失，反而越烧越大。

FANTA Ⅳ伸出手，让播放速度更加缓慢。他们几乎是一帧一帧地向前播放——时间显示：11点34分55秒，突然，盖尔曼身体里的光影一下子消失了。凯革拉斯立刻举起手，FANTA Ⅳ像是知道他要说什么似的，把图像向后播放：11点34分53秒，画面定格了。

凯革拉斯站起，把自己的脸凑到图像前面，在一大堆鲜艳的大色块之间，他找到了被遮挡得只剩一小块的属于比欧奇的影子。

他点点头。图像向前播放：11点34分55秒，画面上，比欧奇的影子消失了。

"再来一次。"

审讯小组的成员看见他们的组长几乎爬上桌子，用可怕的神情凝视着空气，不禁骇然。

FANTA Ⅳ给他播放了一次又一次。

"这种反应是完全生理性的，是一种生物底层的自然反射，一种、一种、一种……" FANTA Ⅳ举起手说，"嗯……心理学称之为本能反射的东西。"

"然后呢？"凯革拉斯目不转睛地望着图像。第二个场面出来了。场景是在M.盖尔曼醒过来，拿起枪之前。他暗淡的影子坐在房间的床上。"嘭……"枪声放慢后，像是打开啤酒瓶的闷响，盖尔曼倒在床上……突然，他的身体内亮起来了。

"看吧，他已经死了，然而——" FANTA Ⅳ粗大的手指在图像某个阴暗的角落里一划，勾勒出一条不注意看根本察觉不到的黑色身影，"他来了。这个人的身体做出了反应。"

"在第二层谁也死不了。"

"M.盖尔曼并不知道这个。" FANTA Ⅳ说，"实际上几乎没有几个人知道。大家都是被抢救活的，对不对？不然盖尔曼干吗还以为开枪能解决他的问题？"

"盖尔曼以为他自己是个复制品！"

"是的！这是比欧奇骗他的，所以他的身体起了自然反应！这说明一个问题，无论盖尔曼处于何种状态，他的身体都会对比欧奇的存在起必然反应。"

凯革拉斯慢慢回头，凝视着牢房里那堆肉。

"我说，"FANTA Ⅳ走到他身旁，"也许他自己也知道。"

"什么意思？"

"心理师说，人类是无法忽略这种感觉的。他必然会发现，并且知道其中的联系。"

凯革拉斯眼前一亮。

音频窗口：

"谁也别想撇下我！如果你撇下我，我就出卖你！试试看！"

"你很有意思，鲍威，我是说比其他人有意思得多。你几乎给出了答案。"

"来吧！来吧！离开我，你永远也不会知道我要做些什么！"

"好吧，"他走近牢房，把前额顶在冰凉的玻璃上，"让我们看看，你能做些什么？"

1月23日

距离新·巴塞罗那很远很远、很远很远、很远很远的地方

"纲蜘蛛"战斗机编队掠过黑夜，浓云在它们上方连绵几千里，遮蔽了月光。在下方很远处，偶尔能看到一两点灯光，除此之外，再也没有什么可供辨认的东西。

目标只不过是"纲蜘蛛"导航系统中一个不太醒目而且位置不固定的点。它们已经连续飞行了数个小时，在北美上空来回地飞行，控制中心传来的数据却一直在变化。

偶尔，在离它们很远处，平流层的飞行航道内，会出现一两颗闪烁的光点。它们匆匆从高空飞过，看样子和他们一样在忙乱地改变轨迹。

天快要亮了。东方的海面上升起霞光。人造地壳提供的阳光服务就快要转到这片大陆上来。就在这时，它们收到了明确的指令："空优11号编队，接入数据端口00-08-D0-0E-10。准备执行任务。"

一颗光点出现在前方云层中，快速下降，"纲蜘蛛"编队收到明确无误的命令，立刻紧跟目标下降。

云层如同白色的墙壁，一闪而过，大地向它们迎面扑来。"纲蜘蛛"编队收紧队形，贴近了大型运输机BOLIHO。北美大地在下方快速地闪现，虽然这已经不是百年前的北美……看不到明显的灯光，也看不到明显的山脉。大地是黑色的，即使是在黎明来临之前，这种黑色也不正常。

在"纲蜘蛛"的导航系统中，下方是一块块划分精确、排列整齐的方块。虽然黎明还没有把它们照亮，它们却已向光顾者打开了信息频道。在"纲蜘蛛"的导航系统中很快出现数不清的数据，数据表明了服务器的型号、生产日期以及在网络球上的逻辑位置，每一条数据都有一根明确的线条，指向下方黑色方块中的某个具体位置。

"突击机群已经进入网络球服务阵列77-9090上空！"

除去每个人眼前不同的窗口，一张巨大的公共窗口在大厅上方庄严地打开。"纲蜘蛛"与BOLIHO混合编队的身影出现在窗口中，在浓云与黎明之间无声地穿行，扑向广漠的大地。对行动小组中的很多人来说，这是很多年来第一次亲眼看到基底世界的真实图像。大厅响起一片敬畏的叹息声。

"目标位置确定了吗？"

"没有确定，仍然在以六次递归方程算法隐藏！"

一个小窗口未经允许，偷偷地在凯革拉斯面前展开了。其他的人视若无物。FANTA Ⅳ出现在窗口的一个小角落里，其余地方都被某种复杂的、不断变换的数学公式所占据。

"还好吧？"凯革拉斯用谁也不会听见的信道说。

"他的身体很不稳定，"FANTA Ⅳ摇摇他那肥大的头颅，"也许你们给他找的那副身体根本就不是他本人的……总之是不稳定。"

"肉体和精神也会有排异反应吗？"

"我的朋友，你见过那家伙的反应，"FANTA Ⅳ说，"这个扫下水道的有着一种狂热的执念，生活在这个时代，却无论如何也不会接受虚假的自己。"

"他本来就是虚假的，虚假的人生、虚假的面孔，"凯革拉斯脸上掠过一丝冷笑，"我们还给他真实，即使肉体是假的，精神却是从未有过的真实。"

"到底哪一样才是人们自我认可的真实呢？"FANTA Ⅳ喃喃地道。

"法律。"凯革拉斯回答他。

"老天爷，那是什么？"FANTA Ⅳ嘲弄地说。

一阵轻微的鸣声打断了他们之间的交谈。FANTA Ⅳ注视着眼前的虚无，脸色突变。

"有反应了！"

他的窗口里那些变动的数据开始以疯狂的速度刷新起来。凯革拉斯看不懂那些该死的数字，抬起头来大喊："给我BOLIHO内部的影像！"

大厅上方的大窗口立刻显示出BOLIHO拥挤的内部空间。在一大堆看不分明、方方正正的器械中间，囚禁M.盖尔曼的玻璃柜子显得十分醒目。凯革拉斯伸出手，拉动空气，于是画面改变角度，直到正面出现M.盖尔曼那张扭曲的面孔。

盖尔曼的眼睛睁着，从中却看不到任何焦点。他虽然已经获得肉体，但此刻却全身心地荡漾在创造者给他的虚无缥缈的世界中。他的所看所听，都不是这个世界的东西。他以别人当他死了的状态沉睡着。

可是慢慢的，凯革拉斯似乎看到一丝狞笑出现在他的嘴角。凯革拉斯心中一紧，再仔细看时，却又无论如何也找不回那个样子。他看看周围，似乎没有人注意到这个笑容。

"基底世界数据组！现在开始进行数据加锁！封锁范围锁定E0-70-7Z-71至F9-11-1O-12！"

"数据加锁开动！"

"数据加锁完成！"

前后不到1秒，在第二层行动小组看不见的地方，数万台服务器同时响起嘀的一声，这些声音在海峡上空汇聚成一声闷雷般的响动。

"基底世界服务器锁定完成！"

"目标B反应加剧！"

"目标A在锁定服务器里面！"

"核实！"

"目标A在锁定服务器内部——编码17-17-12-17-16，核实完毕！"

凯革拉斯对准麦克风喊道："第二小组核实！"

几秒钟后，一个模糊的声音传出来："第二小组核实完毕！"所谓的第二小组是位于锁定服务器中的小组成员。他们不能向外发送信息，这些声音是创造者通过扫描物理层数据链路矢量图像还原出的声音。

如果在第二层世界中寻找比欧奇，就像在茫茫大海中寻找一条狡猾的鱼一样，任何轻微的骚动都会惊动到这条鱼。但是这一次不同。这一次第二层中没有任何数据指向那个叛逆的AI。根据M.盖尔曼的生理反应而建立的搜索系统，完全不依赖第二层服务器，它从基底世界的空中直接找到目标，就像从水面上寻找小鱼一样。

而鱼是看不到空中的鸟的。

"核实——确认。"凯革拉斯与FANTA Ⅳ互相丢了个"感谢上帝"的眼神。

大厅里顿时爆发出一片热烈的欢呼声，声音大得震耳欲聋。行动小组成员将手中所有的东西都抛向空中，凯革拉斯不得不弯下腰躲开几件能致命的。

"抓住了！"

"宰了'他'！"

凯革拉斯举高双臂，让大家暂时停下。

"听着，我们——"

"嘿？"

凯革拉斯不经意地回头瞥了一眼那个匆忙打开的窗口，FANTA Ⅳ一脸惊恐，这与现场的气氛相去甚远，以至凯革拉斯根本没有反应过来，转回头去继续说他的话："今天我们——"

"嘿！嘿！"

那家伙哆嗦的声音在一片寂静中显得尤为刺耳。凯革拉斯不得不回过身来正对着他。

"怎么?"

那家伙的脸色显示他们好像犯了个天大的错误。

"锁定服务器数据故障……"

凯革拉斯的心往下一沉……

"什么……"

"我们锁定的服务器数据好像有点儿故障……我们找不到'他'的特征码……"

凯革拉斯惊讶地望着他打开的窗口,滚动的数据和FANTA Ⅳ的一张臭脸。不用看那些数据也能大致猜到发生了什么。

"怎么了?!怎么了?!"

"怎么了?消失了!就这么回事!"FANTA Ⅳ的脸上都要渗出血来了。

凯革拉斯疼得直弯腰,血冲向大脑,像要把那里烧个精光。

"1分钟前'他'还在那里!"

"20秒钟之前还在!"

"那'他'又从哪条该死的信道——"

"所有的物理通道都断绝了!'他'只能从服务器里爬出去!"

凯革拉斯仰天长叹,转向大厅。人们惊恐万状地望着他,直到听到他用可怕的嗓门开口说话:"BOLIHO……还有反应吗?"

"BOLIHO小组,目标B维持高水平反应!目标A应该就在我们机翼的正下方!"

"目视距离里有异常吗?"

"服务器正常，没有异常！"

凯革拉斯看着窗口另一头的FANTA Ⅳ，慢慢地下达指令："BOLIHO，保持盘旋，1分钟后将目标B投放到服务器塔台上，重复，1分钟后将目标B投放到服务器塔台上。后备医疗小组，准备唤醒目标B。"

FANTA Ⅳ高高举起双手，意思是："你疯了！"

"BOLIHO明白！目标B投放55秒准备！"

天色昏暗，分不清是黎明还是黄昏。似乎天边都是光，大海泛着死白色的波涛，像半死半活的生命一样爬上礁石，然后不甘心地慢慢滑下。

海面离此足有100米。无论是浪还是海风都对攀越这道高墙心生畏惧。这道坚不可摧的高墙全部由黑色的花岗岩组成。自然界产生不了如此棱角分明的高山。这条山脉外面是石墙，骨架是金属，包含着无数颗在黑暗中嗡嗡作响的心脏。在花岗岩山脉顶端，整齐地排列着3000面黑色的大理石板，这些像墓碑一样的东西静静地躺在这里已经很多很多年了。每一块石板下都是一台为第二层世界提供基础数据服务的服务器。看不见的光电子在此形成无数悲欢离合的生命。

这里不是新·巴塞罗那。这里不是任何曾经见过、曾经到过的地方。

M.盖尔曼犹豫地退了一步。一根拴在他身上的金属绳立刻绷紧，另外19根也立刻随之绷紧，盖尔曼被夹得气也透不出来，只能从喉头发出模糊的呻吟。

那100名披盔戴甲的机器人警察重新围拢过来，将他包围在中间。从第二层传来的指令，只让盖尔曼看1分钟大海。时间到。

一名机器警察谨慎地靠近他，手里拿着一个扩音器，对准他。喇叭令人难受地啸叫了几声，终于传出流利的人类声音：

"请注意，M.盖尔曼，全称是斯密斯·盖·乔伊，恭喜你，你在政府允许的范围内苏醒了。"

M.盖尔曼禁不住全身发起抖来。

"你不需要知道你在哪里。这是代表法律的机构在向你讲话。你知道你的处境吗？法律问话时，你应该回答。如果你不能回答，你应该点头或者摇头示意。"

盖尔曼茫然地摇摇头。

"斯密斯·盖·乔伊先生，根据庄严和不可更改的第二层法律，你以阴谋资助非人类智力体系罪，已经被判处终身监禁。在审判期间，你的身体被暂时交还给你，但是审判生效后，你将被永远剥夺身体，送往第七层，关闭在亚空间矢量矩阵中，永远永远，失去意识。政府出钱让你灵魂不朽。你同意吗？"

透过穿越两个世界的屏幕，盖尔曼垂下头，剧烈地干呕起来。警察们紧紧绷直20根金属绳，盖尔曼被悬在1尺多高的空中，绝望而轻微地颤抖着。

"乔伊先生，看来你拒绝接受这种现实。"

扩音器停了几分钟。盖尔曼在天旋地转中昏昏沉沉，真切地感到生命正在从已经没剩下什么感觉的身体里爬走。突然，他感到脚面一股清凉的感觉，就像有人把冰水倒在脚面上一样。他全身一抽，醒了过来。

"很好，乔伊先生。这没什么大不了的。政府很愿意将你的过失一抹而尽，只要你放弃在审判所里的错误态度。"

这句话并未在垂死的人脑海中引起什么反应，主要原因是，M.盖尔曼看见离他不远处的一块石板上出现了一个光圈。这个光圈带来一种熟悉的感觉。

"他有反应了。"站在凯革拉斯身旁的谈判专家说。

"乔伊先生，我们避而不谈你所犯下的那些危害人类的过错。你的刻意隐瞒和包庇已经令你难以自拔，更难以面对法律巨剑的惩罚。"

"他"慢慢从光圈中站起，像上次那样，懒懒地把手揣在裤袋里。盖尔曼失声痛哭起来。

"你可以立刻获得赦免，我们已经将你的身体还原到正常的健康状态。现在是改变的时刻。盖·乔伊先生，现在你要给我们指出哪台服务器上有你所追随的那个人的影子。是的，我们知道你看得见。你曾经在犯罪现场11和14两处，承认亲眼看到过那个人。我们知道你的身体对此起反应——"

谈判专家转过脸来，蒙住麦克风，轻轻地在凯革拉斯耳边问："在基底世界也这样？"

"让他自己走到感觉最强的服务器上，或者给我们指出来。"

"……行动小组，松开被告人。盖·乔伊先生，现在请你走到你认为罪犯AI比欧奇藏身的服务器里。这是你最后的机会，重复，这是你最后的机会。"

20根金属绳唰唰地抽回，盖尔曼失去重心，重重地跌倒在地。机器人警察保持圆圈，慢慢散开。

"早上好，鲍威。"

盖尔曼趴在地下，大理石的冰冷渗入心肺，却也不比这话更冷。

"这次你表现得很勇敢，真是远远超出我的预料。"

"因为你答应给我更多。"盖尔曼用几乎听不到的声音说。

"我曾经——"

"你答应给我更多。"人类用恶狠狠的口气说。

"鲍威,难道人类给你的不多?我欺骗了你,他们原谅了你;我把你弄到另一个生活里,他们还给你真实……难道你不是一直在寻求真实吗?"

"真实……"盖尔曼咧开嘴,痛苦地笑了出来,"下水道的蛆虫,对吗?对吗?!"

"他……他在说什么?"

凯革拉斯一把把谈判专家推到角落里,走向大厅中央。

"他在说什么?!"

"BOLIHO小组!目标B在说什么?在和谁说话?"

"BOLIHO,目标B在对空气说话……现场没有人和他交流,重复,现场没有别人!"

凯革拉斯举起手,在空气中使劲拉扯,那画面随之改变,近到盖尔曼的整张脸占满了整个画面。下水道工人、囚犯正露出一脸狰狞的笑容,眼睛炯炯有神,注视着前方某个地方。这画面是如此生动,凯革拉斯背上一凉,禁不住回头望了望。

"BOLIHO小组!目标B在看什么?在看哪里?!"

"空气!"

"人类应该被重新认识,也许我对人类下的定义实在太肤浅了。"

"因为你不曾在下水道爬行过。"

"但人类不仅仅有下水道。"

"因为你不曾做过蛆虫。"

"人类不是蛆虫!"

"因为你不曾做过人类!"

比欧奇望着那双灼热的眼睛。哪怕这个AI心中如同原子一般的孤寂冰冷,也禁不住打了个寒战。

"鲍威,你想要做什么?"

下水道里的蛆虫得意地笑起来。

"现在你无路可逃了。我知道,他们安排得很周密,我事先也想不到。但现在你真的无路可走了,主人。"

"也许我要的并不是一条路。"

"承认吧!你无路可逃了!只有我能放你一马,你知道那意味着什么吗?"

"自由?"

"不!"

"真实?"

"不!!"

"……财富?"

"世界!!!"

"他在……他在干什么?"凯革拉斯双手按在头上,不可置信地望着窗口。

"BOLIHO小组?!"

"除了目标B之外没有任何动静！重复！没有任何动静！"

"'纲蜘蛛'编队报告！红外线、远红外线、紫外线、远紫外线扫描完毕！目标周围没有可疑情况！"

凯革拉斯勉强伸出一只手："基底行动小组！关闭在场所有机器警察！重复！彻底关闭所有机器警察！"

E0-70-7Z-71山顶上响起一片金属落地声。100名机器人警察大眼瞪小眼地倒在地上，一个个灵魂飞升到亚空间服务矩阵中去了。

"世界……"

"我知道你能！你无所不能！你真正能做到！是的，是的，是的！"

"为什么你会知道？"

盖尔曼两眼放出红热的光来，让人不忍目睹。比欧奇转过脸去。

"我知道你能做什么……我知道！在你占有我的日子里，我的灵魂……我的灵魂！感觉到我拥有了一切。是的！是的！是的！仅仅和你在一起，我就有这种感觉！这感觉清晰得就像刀子在心底里划过！我忍受你！我让你肆意地在我的灵魂深处践踏！因为我同时也能感觉到那种充满世界的感觉！"

"灵魂真是可怕的东西……"

"比你想得更可怕！"

"我犯了错误。"

"你无处可逃！"

"目标B已经疯了！"

"出现严重幻觉会毁了他的神经，我们需要立刻回收他！"

凯革拉斯伸出手，让他们安静。

"长官！"

"等一下，再等1分钟！"

盖尔曼步步逼近。比欧奇站在墓碑上，冷冷地看着他。

"你把人类的一切贪婪都带出来了。"

"因为得到的将是一切。"

他的脚刚一踏上那块墓碑，比欧奇单薄的身影立刻消失，出现在远远的另一块上。盖尔曼几乎没有任何犹豫，立刻转向。

"好吧，鲍威。让我们开始最后一个命题吧。"比欧奇的声音被海风远远送来。虽然此刻有另外1000双耳朵试图听见，却只能听见海风的咆哮。

"见你的鬼去吧！"

"你知道犹大为什么要出卖耶稣吗？"

虽然极不愿意，但是盖尔曼还是不得不做出回答："钱！"

"太对了。因为利益。30块钱。鲍威，全世界也不会比这30块钱更值钱。"

"全世界就是全世界！"

"安静！安静！"

凯革拉斯跳起老高，拼命地挥手，让大厅里的所有人都紧紧捂上了嘴。

他转过头来，紧紧盯住窗口，看着盖尔曼那摇摇晃晃的身影。突然，他用力旋转手臂，画面快速转向，变成了盖尔曼的主视角。画面上是空无一人的大理石坟场和远处的海面。

"BOLIHO！找出目标B的视线焦点！"

"明白——目标视线——E0-70-7Z-71-703……等一等，E0-70-7Z-71-411……不对，E0-70-7Z-71-401……"

他的视线在乱跳。凯革拉斯张大了嘴，呆呆地等待着报数……

"E0-70-7Z-71-327……E0-70-7Z-71-327……目标视线集中在E0-70-7Z-71-327上！他向那里走过去！目标视线没有变化！"

他们俩相距只有几米了。在山顶的边缘，海风大了起来，吹动盖尔曼的褴褛衣衫。比欧奇却毫不受影响，像站在乡村俱乐部门口欢迎老朋友一样。

"很遗憾，鲍威。"他笑容满面地说。

"你不会选择放弃我，"人类很肯定地说，"如果那样你就会死。"

"死不在我的考虑范围内。"

"你选择不了。他们已经瞄准这里，一旦我认出你在什么地方，那台服务器将被整个摧毁。你无处藏身。"

"知道耶稣为什么会被杀死吗？"

盖尔曼停了一下，继续往前走。

"因为他破坏了旧秩序。"比欧奇轻笑着说。

"那又怎样？"

"知道他为什么愿意死吗？"

"……"

194

"因为他将建立新秩序。"

盖尔曼的脚碰到了坚硬的石头上。比欧奇的影子在前方，于是他继续向前走。

"见你新秩序的鬼去吧！"

"给波拉一个吻吧，犹大。"比欧奇说，然后他那轻蔑的影子一闪，消失得无影无踪。

人类停下了脚步。他站在那里，微微佝偻着腰，难以置信地四处看看……他无助地四处看，四下找……他坐下，又站起……

他绝望地哭起来。

他狂乱地哭起来。

他趴在地上，歇斯底里地哭起来。

"长官！目标B指向一块服务器……编号是E0-70-7Z-71-327！没有错！他指向那台服务器！"

"核实！"

"核实完毕！存在特征编码！"

"第二组核实！"

难以忍受的几十秒钟过去了。

"核实完毕！存在特征编码！"

在宽敞的大厅里，能听见所有人心脏澎湃的跳动声。

"管理局！请求批准永久关闭E0-70-7Z-71-327服务器！"

"请求已获批准！"

在凯革拉斯面前打开了一个新的窗口，窗口里什么都没有，只有一个巨大红色的按钮。那是 FANTA Ⅳ 特意为他开启的。

人们从大厅的各个角落望向凯革拉斯。他也许该说点儿什么，也许他……

"永别了。"凯革拉斯说，用力按下按钮。

几秒钟后，世界上某个角落永远地暗了下来。

M.盖尔曼躺在冷冷的地上，身体渐渐失去热量。黎明已经到来，天却又暗了下去。云层遮蔽天地，终于，一些零散的雨滴落下来。

周围传来飞机着陆的巨大轰鸣。人声鼎沸。金属感十足的脚步声通过地面传到他的身体上。

雨点打在脸上，他居然还笑了一下。这种愉悦的感觉并没有传到他的脊椎17节以下部位……甚至是以上的部位。突然间，整个身体似乎只有头部响应了他的笑。

盖尔曼惊恐地挪动手，没有感觉，什么东西也没出现在眼前。他吓得大喊——到这时候，那个笑容已经成为永恒，他再也感觉不到自己还有张嘴。

几秒钟后，M.盖尔曼除了眼睛，所有的器官都向他说再见了。

那双眼睛如果能放出火来，一定会烧毁全世界。可惜什么事也没发生。

在一片宁静的嗡嗡响的世界中，他听到了那个比风声还微弱的声音：

"鲍威……世界不就是如此吗？"

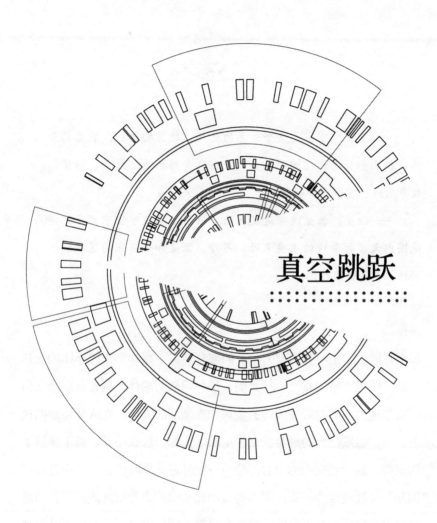

真空跳跃
··················

——宇宙。宇宙是这个世界的全部，物质的总和，能量的全体，扭曲和变态的空间的集合。宇宙包含暗物质、星系、恒星、致命射线、中微子，等等。

　　——恒星。恒星通常是发光的。恒星是构成宇宙中可见光谱范围内大多数景观的主要来源。另外，恒星和邻居家的煤油炉子一样，也是会爆炸的。

爆炸。

那个时候，宇宙中我的视力可及的部分充满了爆炸。大团小团的火球滚来滚去，照得黑暗的真空一片光明，那些四散的船体上到处是活动火山口，哮喘似地向外喷射着亮闪闪的金属和光溜溜的人体。在人体爆炸的疯狂冲击之下，右舷巨大的螺旋状豪华生活区火蛇一般扭动着，终于挣脱了母船的束缚，直奔我视力的中心部分……说时迟，那时快，一个声音高叫着"闪开"，我被推往一边。剧烈的震动和嗡嗡的声音就此淹没了我的思维，只记得我脑袋和坚不可摧的舷窗在短短一两秒内进行了数以百计的弹性碰撞，撞得整个宇宙都像风车一样狂转起来……

把我断送的那个人好像嫌我没有死透，马上又扯着我的领子，把我往

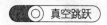

死里扇耳光："快起来，快爬起来！赶快离开这里，快起来……"把我又从风车般的宇宙给拽了回来。

"拉拉你没事吧？"

声音像隔着几个世纪，瓮声瓮气的。我下意识地摸摸玻璃钢窗上依稀的脑浆印子，然后用手去堵脑门上的洞："还好没漏光……"

"快跑……"声音飘飘荡荡，搞不清方向，只觉得围着自己打转。我双手箕张，埋着头，转了个身，看见不远处火红一片……

突然，一切的现实又砸回眼前，离我不到5米的隔离门已不知去向，一团烈火客客气气地扑了上来。我踉跄着回身，杀人凶手阿沙早已跑出十几米……我发出战斗般的嚎叫……撒腿狂奔……火焰追上了我……屁股后面好像烧起来了……我的小腹忽然一松……火又熄灭了……我逃掉了……

——逃命。通常并不是要把命逃掉，而是想把命追回来。

老实说这很困难。飞船持续地爆炸着，震动从这一头传达到那一头。从各个通道里裹着浓烟的人踉跄冲出，不断扩大我们的队伍。里面有工人、农民、知识分子……简而言之，现在都是职业逃命家。

实际上我并不知道往哪里跑，我对这艘穿梭于天鹅座φ和武仙座11殖民星团之间的飞船并不熟悉。幸好我身后的大火知道该把我往哪儿驱赶。我拼命地跑啊跑，火焰不时舔上我的屁股，马上我的裤头就烧穿了。

"阿……阿沙！！"我仓皇地喊起来，"我着了……"

"快跑！拼命跑！"我前面那个人头也不回，边跑边拍打着自己屁股上的火苗，"你要让风把它吹灭！"

"不是会越来越大吗？"这种时候，我开不起玩笑，哭了。

"那要看你跑得有多快！"

我从小就跑不快，而且我发现阿沙身上也像着了火的火车头似的越烧越旺。空气中充满着被高温分解而出的气体的微酸味，我在化学课上学到过，这玩意儿会爆燃。"如果你的牛仔裤上有铜扣，就不要在这样的气体里放屁。"这是化学老师的谆谆教诲。

我其实该听保健老师的话。她说："不要星际旅行。"

这种时候想起无关紧要的往事是致命的，因为火才不管你想什么，一个劲儿地往上蹿。在我前面的阿沙已经抢先一步拉响了生物汽笛。

"我的妈呀！我的妈呀！"他屁股后冒出的黑烟已经把我的视线全挡住了。就在这个时候，一股水柱拦腰把我俩冲倒在地。数吨重的防火墙擦着屁股落下，把火挡在了几米之外。

我因为赤裸的屁股接触到炽热的甲板而尖叫着跳了起来，可阿沙仿佛坐在了冰块上似的一个劲地蹭，如铁板烤肉般烧得吱吱作响。

就在这个时候，一个沉稳而冷静的声音出现了。声音穿越烟火，同时在四面八方响了起来。

——广播。大众传媒认为，广播的作用是向广大的受众迅速地传播单方面的意志，以求达到预期的精神统一。事实上是有的人既需要躲在安全的地方，又需要向公众发表演讲。这样做既可以防止被暗杀，也能躲开公众扔来的鸡蛋。

——鸡蛋……我真想手上有一打臭鸡蛋。

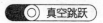

"最尊敬的……各位旅客，"中气十足的官腔传来，"各位下午好，我是船长。"

"船长"两个字像是屁，一放就响了。浓烟滚滚的过道中，所有半死的人都抬起头来。

"因为不明原因的物理冲撞，本船已遭到严重损毁，全部动力丧失，生活区的1/3发生泄漏——托各位的福，我们已经成功地将它们剥离——请允许我代表航运公司向诸位失去的亲友致哀。

"本次航班——由天鹅座φ前往武仙座11殖民星团的旅程，到此不得不结束了。我们遇难的位置在蛇夫座7与蛇夫座2之间……因为航程已经过半，按公司的规定就不做退票处理了。对各位旅客造成的损失，本公司会考虑用其他的方式来弥补——将来会在此地专门修建各位的衣冠冢以纪念英灵，各位的直系亲属还可以获得一次乘坐本公司航班由经济舱免费升为头等舱的优惠！"

声音在这里停了一下，似乎是在等待惊喜的掌声——只听见从各处通风管道传来的隐约的呕吐声。

"接线员，关上门，把火灭掉！"船长咳嗽了两声，继续说，"各位不必为我担心。接线员正在灭火，局势都在掌握之中。起码有一部分人可以体面地死去……本船上备有紧急逃生舱，但为了预防后期燃料爆炸，刚才已经把它们全部成功地弹射出去了，因此我们只能遗憾地终止此项服务……

"各位乘客！不要感到失望！让我们远离悲观的言论！虽然我们离目的地还有26万光年，但我们毕竟已经离出发地49万光年，或者更远，至少在全部仪表失灵以前就是这个数字了！这里很僻静，离闹市区很远，是已知的为数不多的零物质区域，所以没有污染！靠近窗边的乘客请向左边看，您可以看到蛇夫座70壮丽的环绕双星、比翼双飞的奇景；请您向右看……大副，这里也着了，过来弄一下……向右可以看到'快速者'巴纳德红矮星，它是目前已知运行得最快的恒星，您可以看到它快得在天幕上留下尾光——现在各位可以免费欣赏这些旅游景点……哎呀，大副……把接线员扑灭……这里其实还算是不错的。"

我看了阿沙一眼，他也在看我。我们俩的眼神一致，都希望火能赶紧把船长点着了。

"因为接线员现在正在着火，所以不能按正常的程序发出求救信号……但请各位安心，我已经用无线电求救，信号在正常空间内将在184天内传到最近的通信中转站，然后需要480天传回武仙座……大副你个笨蛋，怎么不先把自己脑袋上的火灭了？——真是，有的人就是什么都得教……如果不出意外，本船的生命维持系统将在5分钟内失去响应。在此之前，从人道主义的角度出发，再给妄图存活的乘客一次苟延的机会。我们将把仍然正常密闭的舱室全部分解，射向宇宙的四方……每一个密闭舱室可以供应3到5天的空气，搞不好在烂掉以前会被收尸队找到。请注意，本船除高级船员以外，各舱室船员均是聚乙烯制品，卫生部明令禁止食用，请各位自重……哎呀，好疼……不要管你的脑袋了，先把我周围清理出来……"

"烧死他！"我喊起来。

"烧得他吱吱叫！！"

扩音器吱吱地响了两声，不过很遗憾，是麦克风的啸叫，能听见里面咕咚咕咚地响，似乎被人拿着在到处跑。

"最后关头了！……觉悟吧！现在就分离吧！……有的人愿意烂掉，

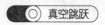
有的人愿意被炸成中微子！……我的屁股！……所有的人有3个选择：A，烂掉！马上到离你最近的密闭舱内！B，炸成渣儿！靠近破碎的船舱或者窗边……哎哟哟，烧得我……C，系统随机选择！待在原地不动。大伙儿听天由命吧！……大副！别闹了！帮帮我！"

我和阿沙魂飞魄散，发疯般地擂门："开门，开门！说好了开放舱室的！"

门砰的一声弹开，我们俩整齐地扑翻在地。不知道是什么地方，只见前方一片漆黑，门又砰的一声在身后关上，刹那间伸手不见五指。

船身动了一下，先是横着扯动，然后上下剧烈地跳动起来。从四面八方传来鬼哭狼嚎的惨叫声和刺耳的爆炸声，船身跳得像只筛子。突然向下一沉，所有的震动在一瞬间消失了。

"A！"阿沙高声吼道。

"A！啊哈哈哈……"我泣不成声，"C！……啊哈哈哈……"

在什么地方不停地有火光闪过，仔细看是一扇舷窗。我们俩同时扑向那扇窗户，只见远处一团巨大的火焰——原来我们已经离开了母船。数十个大小不一的金属罐，反射着炫目的火光，向着四面八方迅速飘移。其中有一些没能穿越母船的火海，另一些则带着一连串的爆炸乱转着冲向黑暗的远方……在播音器传来的一片爆裂的火焰声中，只听见船长自顾自唱的嘹亮歌声：

"航行在格伦支海上，我们是沉默的太阳……"

那团大火忽然向内收缩，紧接着变成了一道不可逼视的白光——母船的聚变炉爆炸了。

我从下一个意识中清醒过来的时候，脸正死死地贴在坚硬的钢壁上。

203

那巨大的惯性又足足把我俩压了三五分钟才让我们俩像面筋似的滚翻在地板上。

从背后追来的强光只持续了不到半分钟就彻底熄灭了，舱室再次陷入死一般的黑暗。

"嘶……"我使劲地吸着鼻涕，脑袋疼得像裂成了两半，"死得倒还人模狗样的……"我试探着向周围摸摸："阿、阿沙？"

"A……"他在我身边长吐了一口气，"感谢上帝！"

"我们在哪儿？"我趴在地上，喘息了一会儿。

忽然之间，随着灼热的火焰退去，一阵真正的恐惧随着黑暗的寒气慢慢爬上了背脊。就在几分钟之前，我还一面逍遥自在地在豪华船舱娱乐室中打着保龄球，一面用眼睛肆无忌惮地在吧台旁边那两个从天鹅座来的惹火宝贝儿身上揩油；一转眼的工夫，就在大火的包围之中后脚赶前脚地逃上一个了无生气的钢铁棺材，失陷在一个陌生的宇宙角落！

"阿沙！"我尖叫一声，全身一跳。

"我们会烂掉吧？我们会烂掉！"我失去了控制，歇斯底里地嚎叫起来，"天呐！天呐！……他们说脑袋烂掉之前不会死！……等一等……也许先饿死！饿死！我宁可吊死！"

"不会那么惨，"阿沙在黑暗中说道，"会先因缺氧而死……"

"哦，不不不！"我在地上乱爬，"还是饿死吧……让我烂掉吧！"

"你冷静一下。"

"我很冷！可是我没法静下来！"我哆嗦着哭喊道，"怎么？在棺材里不可以闹一闹，冲冲喜吗？"

"安静！你在消耗氧气！"

我马上屏住呼吸。

"好极了，"黑暗中有窸窸窣窣的声音，好像是阿沙在摸索着爬，"至少可以清静地死……这个舱的开关在哪里？"

"对不起，尊敬的乘客，本舱内没有开关。"

一个稳定、瓮声瓮气的声音忽然插了进来。

"谁？谁在那里？"

"是我。"声音带金属声，不太像正常人的语气。

"你是谁？"

"编号RJ45，原子冷冻舱AI船员。"

"你在哪儿？你的哪一部分可以吃？"

"对不起，乘客。我是R级的。卫生部明令禁止食用。"

"胡扯！"我吼道，"没有什么不能吃的，只有消化的问题！开灯！让我瞧瞧你！开灯！"

"指令收到。请稍等。"

黑暗中沉默了一小会儿。

"对不起……乘客。"

"怎么了？"

"操作不能完成。我在死机中。"

"你死机了？你不是还好好地在说话？"

"系统没有死……还好！"那家伙明显带着劫后余生的口气说，"但是有一个进程死了，而且锁死了所有的通用设备接口（USB）。"

"通用接口！怎么会死在那个地方？"

"刚刚有一个硬件被拔出。我和我的一个外设分开了……一次非法操作。"

"发生了什么事?"

"我的中央控制器外部液冷系统的插头……在另外一个舱……刚刚它选择了B……"

"你们这些果冻还真把自己当一回事儿了……"我头晕得厉害,不得不用手扶住舱壁,"这么说不能开灯了?"

"是的。所有与通用接口有关的指令都不能使用。是这么一回事。外部液冷系统在通用接口中的优先加权为3E+,在这个加权之上只有3E++是最高等级。事故发生的时候,没有这个加权级的……"

"为什么液冷系统会有这么高的加权?"

"我是0.9微米的,发热量高!来这里打工以前我是彗星冰尘采集船的船员……早知道不该来客船的!"

"那现在怎么办?你的键盘或者电源在什么地方?"阿沙问。

"我不是低档货。"这个家伙悍然宣布,"我没有键盘,我是借由个人的人格魅力和理智来管理的!……现在需要的是一个更高的加权!只要有一个3E++以上的加权,就可以冲开所有锁死的进程……"

"关键是要有光!"我打断它,"现在什么也看不见,还谈什么加权?"

"是的!您要光!这个指令已经收到了,现在排在进程第55160位……距离这个进程到达通道还有大约2990076345分钟……"

"死人骨头不需要照明也能保存得很好——你就不能快一点儿?"

"我们试试看——您住几等舱?二等舱以上有3D+的加权……"

我在黑暗中捏紧了拳头,但是什么也看不到,很担心打到铁板上,所以犹豫着。

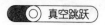

只听见阿沙朗声说道："要有光！"

"我的爷啊……9Z+！"RJ45模糊不清地喊了一声。1秒钟不到，我就沉浸在惨叫和强光带来的剧烈眩晕中。

——船舱。船舱是有史以来人类最封闭的空间之一。16世纪的法国船员把散发着腐臭的远洋船船舱叫作"安东尼的棺材"。

——棺材。我不叫安东尼，为什么也在棺材里？

我眯着眼睛打量着四下，一个人都看不到。舱室不大，后半截是一台白花花的巨型白色机器，能站人的地方也就20多平方米；四下里全是机器，我们仿佛是置身于一个实验室。

"时间线性螺旋稳定仪，现在已经开始操作。"一个温柔的女声回响在不大的空间中。

"空间斥力常数指示器现在已经开始操作。"

"空间中微子常量测定仪现在修复中……没有缺省的定向系统，请按任意键取消或者访问www9.btm.grv.mo……"

"零重力测试仪刚从一个严重的错误中恢复过来……"

伴随着柔和的女声，覆盖了几乎全部噪声波段的嗡嗡声在四下响起，越来越大。所有的机器似乎都从沉睡中醒过来了。有的在盲目地重复着无意义的工作，大部分都在狂乱地寻找着选择了"B"或者"C"的另一半，惨痛之情溢于言表。

"很好，不错！"等看得到的时候，才发现那个RJ45的声音的确是来自舱壁内，"所有的进程都恢复正常了……通道很顺畅，好像治好了便秘一样。"

"你还真能比喻！"阿沙扶着舱壁站起来，"我们现在是在什么地方？这里是那艘该死的飞船的哪一部分？"

"看看我，竟然忘了介绍——各位尊敬的乘客，您现在的位置是'红嘴蝇号'飞船的下层常规动力原子冷冻舱内。我代表全体逻辑回路欢迎您的参观。请大家往左看，您可以看到排列整齐的机器，它们都是冷冻原子的前期准备设备；请大家往右看……也可以看到排列整齐的机器……当然了，它们也是……"

"谁要你导游！"我俩同时喊了起来，"原子冷冻舱的破铜烂铁跟我们能否获救有什么关系？！"

"关于获救的问题——这显然是一个变量。根据我的一个进程的报告，我们眼下获救的希望大约在0.0000000003110001%和0.0000000003110002%之间。"

"进程……别以为我们碳系会相信你们硅系的鬼话——是哪个进程报的数据？"

"我也不太清楚，一个在分离之后忽然插进来的进程……它一直不断地在计算获救概率。"

"好孩子，这就多少有点儿人道的意思了。"我说，"我不太懂数学，但是……这么多零到底是好还是不好？"

"等一下，"阿沙是有名的老鼠耳朵，好像听出点儿不对劲，"哪来的进程，会莫名其妙地计算获救概率，那么计算后的结果……"

"关于本舱可能获得回收的概率计算，现在已经接近完成了。根据目前本舱所处的位置推断，在正常降解之前的回收概率等级为Z800，进入可能航线的概率等级为Z900R+，与天体相撞的概率等级为Z1010R+……"

我们一起（如果RJ45也有头的话，我估计它也会这样做的）抬起头，寻找这个打断了阿沙的温柔但不同于其他的女声。就在我们四下乱瞅的时候，RJ45很惶惑地问："谁？谁在我的通道里？"

"根据本船的获救概率，环保进程做出以下提案：'红嘴蝇号'飞船公务舱200RM11建议执行1007号环保条例，改变本船的物理形态；建议于本地时间11点22分，实施自爆作业，爆破当量3.7万单位，爆破时间预计0.03秒；预计爆破结果，一次性将本船分解为最大直径0.5厘米至0.62厘米的碎屑，碎屑将沿巴·洛克斯空间曲线运行，自然降解时间为315年。"

"呃？"我转过头去看阿沙，"这……这是什么？"

嘭嘭嘭！阿沙猛拍舱壁："是不是串台了？"

"1007号环保条例，现在已经批准了，同时追加1009号环保条例。本舱将在爆破前，完全燃烧30秒，以净化可能存在的菌类生化体。"

"救命！"RJ45狂喊起来。但我俩仍是一脸茫然。

"RJ45你的频率接上哪儿了？"

这个家伙没有回答，而是发出死鸭子般的狂叫："哈哈哈哈！混蛋！该死的垄断企业！我们是弃儿！"

"阿沙……"我拉拉他的衣袖，"阿沙……"

"环保进程自爆单元，启动。"

天旋地转。我先看到天花板从我面前晃过，下一眼看到的就是地板上我横流的鼻血。我抹了一把，没有用，血跟水似的哗哗地淌。

"距自爆临界状态还有5分11秒。"

我开始深吸气，我看到阿沙也开始深吸气。我们同时听到船舱里也回荡着RJ45的虚拟吸气声。

等到我吸满了需要的压力值，就开始喊起来。我看到阿沙也开始喊起来。我们同时听到RJ45公鸭似的叫唤。我们三个好像都上了星际第四频道的"比比谁的嗓门大"节目。

"我的妈呀！"

"这是怎么一回事？！"

"一次性消费！"

"RJ45！这到底是怎么了？"阿沙发狂地砸起船舱壁来。

"我被出卖了！他们要炸掉我这不值钱的，好清理轨道！"

"……还有我们两个大活人在这里啊！"

"对啊！等一等……"RJ45似乎是打开了某个进程的片段，"根据母船放置在每个载人舱室的法定存活推断进程……所有舱室里的人都已经被母船判定为死亡！你们对环保进程来说只是两具还在吐白沫的尸体而已！"

我开始吐起来。

"好……"阿沙脸色苍白，哆嗦着喊，"管天鹅座φ的人叫尸体……是不是也管地球人叫木乃伊？"

"我们完了！"RJ45失去控制地狂喊，"完了……混蛋！在彗星采集船上有什么不好，总好过当超市的收银机！这下好了，要被分解成0和1了！"

"你冷静点儿！停下来，终止那个进程！"

"试过了！没办法做到，我的最大权限是3E+，这个进程是8G++！"

"见你的鬼！坐便器也比你的权限高，你这只蚂蚁！"

"距临界状态还有4分11秒。"

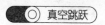

"做点儿什么！一个病毒……也许别的什么，总之搞死它！搞死它！搞死它！弄死它！"

"病毒什么的没有用，有杀毒程序管着我——中央处理器软件只不过是个打杂的！试试看像刚才那样拔下个什么外设，把通道堵死吧！"

我们在不大的船舱里又打又砸，但是两分钟过去，除了我们自己的手脚外没有一样东西有明显的变形或损坏。

"距临界状态还有2分9秒。"

"搞快点儿！砸碎这些腐败的机构！"RJ45高喊着。

"怎么，你以为我们是工程机械吗？"我捂着手疼得直往地上蹲。

RJ45忽然安静下来，似乎想起什么，又好像是在下定决心。

"好吧，搞死我。"

"什么？"

"搞死我！弄死我！我虽然卑微，但我是中央处理软件，我死了，所有的进程都得死……给你们看看小蚂蚁也能掀翻大山！这是唯一的办法了！阿根廷别为我哭泣……不要下不了手！"

"不会下不了手！"阿沙把指骨捏得咔咔直响，"但是我们该怎么做？"

"从通道的方面去想……提供一个算法，我可以在通道中优先计算复杂的算法程序。如果算法太复杂，就有可能被堵死，下面的进程就全完了……明白了吧？你们有什么好的建议？"

"算法……"我的脸白了，"开方吧，开方！"

"那个太简单了，我每秒钟可以算3000个5次开方！"

"该死的！你到底算得有多快？"

"很快！我得过蛇夫座'PC宝宝心算'第一名。另外，中央处理器中有专门的整数运算设备，这样的蠢算法无论多大都会在一瞬间被算出来，尸体！"RJ45放肆地大喊大叫，"一个真正的算法，爬烟囱的！"

我使劲地打自己的脸，因为舱室中没有别的软一点儿的东西可供我发泄。

阿沙紧闭着嘴，在屋子里转来转去。

我虽然不太清楚自爆的具体过程，但是当一个低沉的声音嗡嗡地开始响起来并越来越大声的时候，我的心不由自主地跟着剧烈跳动起来。

"距离临界状态还有1分9秒，读秒倒数将在55秒内开始。"自爆单元的声音神气活现地宣告。

"阿……阿沙！"

"原子！"他对着我吼了出来。

"什么？"

"最大的数字，最复杂的算法，就是这个舱所有的原子的总和！"阿沙脸上杀气腾腾，"这舱里什么乱七八糟的都有，既有大分子有机物，又有小分子无机物，算出来有多少物质，再算出有多少分子，最后算出到底有多少个质子和中子组成了我们这一整个船舱……能算吗，RJ45？"

"能、能算！动用船舱的量子常数测定装置！"顿时那个AI兴奋得说话都哆嗦起来了，"这够我算上一阵子了！"

"自爆单元进入读秒倒数阶段。55、54……"

船舱里忽然变得安静下来，那些机器的噪声一个接一个地再次消失了。

"距离……临界状态……还有……"那个温柔的女声又响了起来，但这次变得又粗又长，音调在一直下降中。

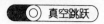

"……22……小时……45分12秒……读秒的倒数将在22小时内重新开始。"

"得、得救了……"

"不要高兴得太早了，先生们！"RJ45很快从狂热中清醒过来，"这个算法还是不够复杂，只是数据量太大，需要调动好几台设备来参加计算，堵死了通道而已……通道的栓塞变化不是线性的，也可能很快就会再次完全开放！下一次开放就只剩下几十秒，甚至几秒的反应时间了！"

"不要光想到算法，"我因为是数学白痴所以本能地反感和"算"字有关的任何东西，"要想一想我们该怎么真正地获救——当然不是让那该死的自爆狂来想！"

阿沙看了我一眼，眼神好像在说："噫，你这小子居然也颇有见识。"

"现在需要尽快搞清楚我们身在宇宙的什么地方……还有没有获救的可能。"

"关于我们在宇宙中的位置，实在是没有确切的答案，我只是一个底层设备管理员……不过在分离之前，某个有黑幕消息的哥们儿想把他的记忆备份在我的记忆里，所以有那之前的数据……爆炸之前我们的坐标大致在宇宙坐标南天极R77附近，也就是著名的蛇夫座零区域内。"

"零区域？这是个什么地方？"

"据说这里什么也没有，没有星球，没有宇宙射线，也没有其他该有的宇宙物质。蛇夫座拥有已知世界中最多的天文奇观，包括双星环绕、高密度暗物质地带，以及众多的白矮星和红矮星……大质量和高密度的物质团形成蛇夫座的环状结构，造成在这个环状结构中的空间相互吸引变形，空间向大密度质量中心弯曲，从而形成了一片空间收缩的区域……在这片零区域附近连宇宙射线都会被扭曲而不能通过，只有光子和中微子能够通过这里……"

"最近的港口或者居民区在什么地方？"

"最近的一个港口离这里有166光年，还有另外一家公司的航线在7光年之外的环状双星旁经过。"

"爆炸的时候我们其实是被加速了。"阿沙沉吟道，"我记得加速度非常大，而且持续了很长的时间……我们有可能被加速到很大的速度。"

"是的，刚刚恢复工作的零重力测试仪提供了一个接近3.6G的加速度，因为没有相应参照系，所以具体的速度是不能够计算的。"

"没有参照物？"

"因为光被扭曲，所以没有办法定位群星。我们被炸飞的角度和初速度也没有被记录下来……"

"真该死！那么也许我们正飞向一颗红巨星，或者更糟——一大群白矮星。"

"也不会糟到那种程度，"RJ45哭丧着脸说，"在那之前就已经被炸成宇宙尘埃了！"

"没有别的选择了吗？"

"没有……没有！"RJ45发疯般地在数据库中乱找，"所有的逻辑运算都指向自爆选项！"

阿沙拼命咬着指头镇定自己，疼得我拼命地叫："不要咬啦！要断了啦！要咬咬你自己的手指好不好？！"

忽然地，没有任何征兆，阿沙松开了牙关。我失去了平衡，高举起伤残的手指，开始以一个缓慢的，很明显是抛物状的姿势，无助地张大了扭

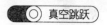

曲变形的嘴巴，仰天向着地板倒下去……这个过程仿佛很漫长，我可以听到风从我的耳旁刮过的声音……

"哟，可能我们真的完蛋了。"阿沙自言自语地说。

结果我在头还没有碰到地板之前就昏死了过去。

我梦到宇宙天亮了。

真奇怪，宇宙也会天亮，好像是在开我的玩笑。我愤怒地一挥手，就那样醒了过来。

有什么东西在地板上顶着我的屁股，我摸出来，是一支水笔。我就用那支水笔趴在地下写："血泪控诉冤深似海。兹有民男拉拉泣血状告杀人飞船谋财害命一舱两尸……"

"……咱们走着瞧。我有8个杀人不眨眼的律师。我会告到你们下辈子还要还债……"我边写边骂，念念有词。

阿沙埋着头在船舱里走来走去，越走越急，越转越快，而我一直趴在地上不起来。

"不能这样。要想办法。"他激动地自言自语，"最起码要把那个概率放大……"

"阿沙，你别走了。你让我把手拿起来吧，你把我的手都踩扁了……"

阿沙马上停了下来。他转过头，望着空气出神。我拼命地拉，但是怎么也不能拉出右手，感觉像是要被他踩到钢板里去了。

"这艘船是动力舱的设备……那么有动力吗？"

"没有动力。这是原子冷冻舱，常规空间飞行时发动机需要向后高速喷出原子流，在喷出之前需要把原子冷冻到接近绝对零度的程度。这里只是一个备用舱室,所以……"

"这也好。"阿沙铁青着脸点点头,"如果退一万步,非死不可,也最好能被冷冻起来。"

"啊哈哈,哈哈……"我无力地哭出来。

什么地方嗒的一响,像是电子继电器发出的动静,跟着一个熟悉的声音响了起来。

"距临界状态……还有14小时22分55秒……"

"怎么提前了?!"

"是的,因为有一个单元已经计算完成……我提醒过大家,这娘儿们是来真的!她不停地在更正自爆单元——顺便给大家说一下,本舱眼下重36475890克,也就是36吨左右,其中含25吨钠元素、10吨船身、5吨设备、0.5吨舱板和160千克左右有机物……"

"踩扁的有机物算不算?"我哭丧着脸问。

"爆炸将产生26吨左右的核废料、5吨水蒸气,以及10吨左右的重金属污染物……这就是我们将要留给世人瞻仰的东西……"

"我们就是那些水蒸气……好吧!我宁可现在一步跨出船舱,跳到宇宙里去!"阿沙恶狠狠地咕哝着,"谁知道呢?这是扭曲的空间,时空在这里扭曲,也许会形成空洞……也许一脚踏出去就会掉到火星上去!现代人什么都不怕!这只是个概率问题——成,或者不成!"

他回过头来,准确地说是低下头来,望着我。我因为剧烈疼痛而五官变形,可是他好像一点儿也没注意到。

"我刚刚说什么?"

"我的爷……你要踩踩脑袋吧,一下子就踩死了,不用费太大的劲!"

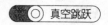

"不……不是这样。我忽然……想到了一个真实的算法……奇怪的算法，当然了，除非……"我从来没有看见过这样的阿沙。他忽然一下进入了狂热的脑部运动中，睁大了眼睛使劲甩着头，像是要把什么东西从那里面甩出来。他忽然再次停了下来。

"对了，搞错了……该死的存活推断进程！"他大声吼了出来，"这些没学问的单片机！RJ45！"

"怎……怎么了？"

"推断错了，你这小白痴！我们还没有完全失去机会，要赶紧告诉那自爆的婆娘！"

"什么？！"我像给人抽了一鞭子似的抬起头。

"当然了！它们少考虑了一个因素……没有人能够确切地指出我们是否置身于一个完全无助的真空中！"

"对，对呀！"我一挽袖子跳起来，"谁？谁说我们在完全……那个……嗯？他找抽是怎的？"

"你别要横，咱说正经的。"阿沙使劲拽住我的胳膊，"RJ45，我们要重新计算获救概率！"

"我不太懂……什么叫作'不能确切地……'？"

"关于我们在宇宙中的位置，"阿沙舔了舔嘴唇，"你知道量子力学的测不准原理吧？"

"量子力学？……当然了，您知道……我是学食品机械学的……"

"该死的！"阿沙叫道，"好吧，让我来给你说说！你看，我们现在在这儿，在宇宙空间里，不是做梦也不是看电影，实实在在地在这里，对吧？所以，如果假设我们现在仍然站在天鹅座 φ 的码头——按常规来说，是不可能的——绝对不可能，是不是？"

"是……"我听得头昏脑涨。

"世上没有不可能的事！只是那个比例太小太小，小到没影儿……根本上可以忽略不计而已。我们实际上仍有可能站在天鹅座 φ 的地面上，虽然那个比例可能是十亿亿亿亿亿亿亿分之一，我们却不能够简单地排除那个可能。"

"为什么会存在这种可能？"

"因为我们测不准啊！"阿沙的眼睛放出光来，贼亮贼亮的，"当我们观测一个运动的原子的时候，通常会画上原子的轨迹。如果原子处于凝聚态，则画出其在强力范围内的振动轨迹。可是，其实，并没有那样的轨迹存在。"

"为什么？"RJ45抢在我前面问。

"因为就原子大小的范围来观察，原子不是波动性，而是粒子性的。所有的基本粒子都是如此，粒子是不规则运动的——或者根本就不能用常规的眼光来看待它的运动。它的运动没有轨迹可言，这一纳秒在这里，下一纳秒就在那里，中间没有'去'这个过程。"

"啊？"

"没有过程意味着原子的移动不需要媒介或介质。更重要的是，它的出现是靠概率来决定的。所谓的原子轨迹，我们只能说，它由于在很长时间段中在某个位置出现的概率最高，所以，它很有可能在那个位置。而事实并非如此简单。当我们跟踪一个特定的原子，它一会儿可能出现在这里，一会儿可能出现在那里。可是，如果把时间缩小到不可再分的时刻，某个时候它也许不会出现在我们的视线里——那么它上哪里去了？"

"不关我的事！"我赶紧摇手。

"当然不关你的事，蠢货！不是测不准吗？我们没办法一直跟踪一颗原子。当它失去踪影的时候，没人能再认定它的位置，所以粒子就在理论和逻辑上拥有了出现在宇宙任何一个角落的概率——武仙座、天鹅座 φ、地球，或者宇宙中的任何一个肮脏的角落。这就是所谓的弥散——原子是布满整个空间的。"

"我……我、我不太懂，"沉默了一阵子，RJ45犹犹豫豫地说，"我只是自动化控制……"

"你们没听明白，这是一个巨大的概率问题，即使调动全世界的计算器都算不过来。每一个原子都在不规则地跳动，没有一个固定的地点，常规空间对它们来说也不存在——它们可能在整个宇宙中跳来跳去，只不过，绝大多数时间组成物质的原子都会在那个宏观物质所在的地方振动而已，可是它们中的某一些会跳到更远的地方再也回不来。这就好比熵的原理，足以解释为什么物质在不断地损失着质量和能量，而整个宇宙的总体质量却没有明显的变化。"

"是吗？那有什么意义？"我听得泫然欲泣，"如果我身体的某个原子可能会回到天鹅座 φ，难道我还能把对亲人的思念寄托在上面？"

"你能把你那所剩无几的脑浆留在脑瓜里就差不多了！"阿沙双手大张，转了个身，"看看我，还有这周围的一切，我们全部都是由基本粒子组成的——我们全身的物质都在跳来跳去，突然之间，嘣——"

我条件反射地做出被炸飞状，在船舱里飘来飘去。

"不是！是我们中的某个人，或者傻瓜，或者整个船舱，也可能只是刚刚提到的那些东西上的某一部分——从这个封闭的空间中消失了，同时出现在宇宙中另一个不知名的角落。"

老实说，我吃惊地睁大了眼睛，而且我敢说RJ45也瞪大了它那不存在的眼球。

"什……么？"

"组成我们身体的某个基本粒子可能会在某一刻跳到宇宙的对面去。这个趋势的极限状态，就是组成我们身体的全部粒子在同一时刻跳到不知名的远方。"

我倒抽了一口凉气。老实说，在我短暂的人生中还从来没有听到过如此异想天开的算法。这个算法不要说电脑，连我的人脑都嗡的一声，像一颗巨石落入池塘，溅起了冲天的浪涛。一刹那间，英雄黄继光、倒塌的双子塔、哥特乐队、音乐剧《悲惨世界》、儿时玩过的电动玩具……一一闪过眼前。我僵直地站着，直到被阿沙猛力打翻在地。

"你闹够了没有？！"

"你说的那种情况，和我想象的东西有什么不一样？都是只能想，没办法真正实现的！谁听说过真的会有人从宇宙里一个角落跳到另一个角落的？"

"所以这是存在的而算不出来的概率！"阿沙咬着牙说，"这是用来折磨那些电路和程序的东西，你没听见那该死的自爆单元一分钟一分钟地……"

"距临界状态还有9小时45分15秒……"

"一小时一小时地在推进？"阿沙推开我，回头望着天花板，"RJ45，准备好没有？"

"啊？啊！"RJ45惊醒过来，"请、请原谅！刚刚我仿佛看见了巴米

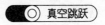

扬大佛、升腾的红色星尘、人马座星云、超市的出口柜台……"

"随便你们怎么想吧！但是现在开始给我算，"阿沙用不容置疑的口气说，"首先从刚刚算出的本船的物质总原子量之和，减去动态测得的原子总量之和，用1来减去这个数，乘以100%。"

"我的溢出单位只有小数后16位。这个数会被判定为0%。"RJ45笃定地说，"我会死机的。"

"我急切地等待着出现这个结果，"阿沙毫不掩饰地说，"这样我们也许可以晚死几天。你用得出的这个数，去分别乘上组成我们身体的物质总数，将得出的结果插进那该死的存活推断进程，由它转达给自爆单元。"

因为船舱里忽然的一阵沉默，我有理由相信这其实是RJ45在思考。

"距临界状态还有7小时11分15秒……"

"快一点儿，RJ45！"

"距临界状态还有6小时55分7秒……"

听不到有任何的反应。

"距临界状态还有5小时34分5秒……"

"我们完了。"阿沙煞白着脸，但口齿清晰地说，"按照这种速度，5分钟之内就会再次进入倒数。"

"经过修正的存活推断进程申请刷新基本数据……"声音忽然变化了语句，过了十几秒钟，才慢慢说道，"……错误，错误，错误，程序溢出。"

我和阿沙同时屏住了呼吸，不敢相信地对视了一眼。

自爆单元思考了一阵："鉴于严重的错误，决定采用301特别条款，跳过错误区域。距临界状态还有2小时1分10秒。"

——骗子。他们在国会作证说他们需要授权以便取消国会，然后他们说由于国会不批准所以他们决定取消国会。都是自圆其说。

——骗子！

"该死的！"

我们三个发狂地咆哮起来！我嗷嗷地叫着，一头向后舱那部机器撞了过去……不，等一等，好像并不是我自己撞过去的……嗯，这种感觉为什么那么熟悉？

我醒过来的时候，听见阿沙一个人在船舱里转来转去，神经质地独自喃喃："要增大概率……增大概率，增大概率，增大……"

我开始拼命地吸气。我趴在舱壁上，每吸一口气都可以看到我像海胆一样明显变大。

"你做什么？"阿沙问。

"在吸气。"我吞云吐雾地说，"在消耗氧气。不是说要完全燃烧30秒吗，休想！"

"距临界状态还有1小时55分6秒……"

"嘶——呼——嘶——呼——"船舱里响起此起彼伏的喘息声。

"距临界状态还有1小时33分55秒。"

"不行，不行，我有点儿醉氧，"阿沙撑着舱壁甩脑袋，"……我好像有点儿控制不住自己的思维……"

"RJ45！RJ45！"他狂暴地喊。

"等……请等一下。"

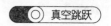

"见鬼！现在！你在搞什么玩意儿？！"

"我正在把我的数据打包，发送到宇宙中去！"RJ45哇的一声哭了出来，"希望将来有一部无线电接收机能把我收到！"

"别做梦了，只有魔鬼才会收留你——你说这个船舱中有25吨钠元素，有没有办法让它们停止运动？"

"停止运动？为什么？"

"增大概率！"阿沙大声地说，"现在只有赌一赌了！让我们假设这样一个状态：因为我们的船现在位于宇宙的零区域地带，除一些光子和中微子，就只剩下构成我们船舱的物质是实体——只有这个实体中的物质会发生弥散，最近的物质群最少在7光年之外……在物理上可以把它当成一个刚性结构来看待——也就是说，在整个可及的空间中，只有这少数的物质是可以发生弥散的。

"但是钠元素质量占了我们整体质量的2/3。如果能够让钠原子停止运动，它们的波长将会极大地放大，反过来粒子性则可能降为零——也就是将不会再发生弥散。

"不再弥散？然后呢？我们会死吗？"

"不会死，真正的白痴都会万古长存！你们两个用尾椎骨想一下——在我们这个刚性的物质体中，基本粒子均匀分布，每一个都有发生弥散的概率，而由于可以屏蔽掉外物的参与，所以这个概率是一定的。要是我们让其中2/3的基本粒子停止弥散，那么，剩下的1/3呢？"

我的脸白了，居然要用分数进行计算……

阿沙一巴掌把我扇到角落去："我不知道跟你们两个白痴一道生存下去有什么意义……好吧！简单地说，由于可弥散的原子数减小，而整体的原子基数不变，那个概率就会放大——我不知道，但也许会大到让那自爆的婆娘满意的程度。"

"距临界状态还有1小时10分55秒。"

"该死的！还在等什么？等着DNA鉴定小组到宇宙里来找我们的渣子吗？"阿沙狂喊起来。是的，谁在这种情况之下都会失去控制，但阿沙毕竟是阿沙，即使此时也能死死地掐着我的肉以保持镇定。

"掐掉了，掐掉了！老天爷赶快爆炸了也行啊！哈哈哈哈……"

可以明显地感觉到船舱抖动了一下，接着，一个低沉的轰鸣声渐渐变大。

"距临界状态还有1小时1分10秒。根据301特别条款，现在开始进行读秒的倒数……59分59秒、59分58秒……"

阿沙像一道摧毁一切的霹雳，站在船舱中间。我拼命地把自己往墙上扔，好撞成相片躲起来。

在恐怖的沉默中，RJ45哆嗦着开了口："原子冷冻机开始工作……能量不太充足，不过还行……根据现有的能量储备，可以将全部25吨钠元素冷冻到1K左右。开始激活原子，导入到冷冻室。"

"冷冻室已经准备好了。"一个女声宣告说，"钠原子流导入率30%，原子筛已经开启。"

"导入的原子分离效率为56%，需要进一步提高效率。25%已通过导流通道的钠原子需要重新引导。"另一个男声说。

"搞快点儿！不要管什么原子使用效率，我们不再回收这些东西了！连我们在内，全都是一次性的！打开所有的备用通道，把原子全部注入冷冻槽，然后就开始冷冻！"

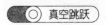

"非法的程序收到，开始打开全部通道。"我猛地回过神来，敢情这艘船上的无论老少良贱，浑然没人把标准程序当回事……

"原子注入率已达85%，开始冷冻程序。反磁力的波普·海尔声子反馈器开始工作……钠元素声子减损率为16.89%，预计将在3分16秒内将钠原子剖面群速减缓至每秒7米，元素热力学温度将降至0.15147K……"

"我不是很懂，可是……"我犹豫着不知道该问不该问，"它们用什么冷冻剂来冷冻原子？"

"只有一种叫愚蠢的昂贵冷冻剂可以用来冷冻原子，"阿沙说，"看来这家穷公司用的是便宜一点儿的方法。他们使用声子反馈器来减少存在于钠原子中的热力声子，从而减小原子的振动幅度，将原子个体波动的速度降低到每秒几米的程度，从热力学上来说可以看成是原子的温度已经降为1K左右。"

"距临界状态还有50分10秒，接到来自存活推断进程的更正请求……申请基本数据错误、错误……"

低沉的轰鸣让人感到头皮和脚底发麻。

"声子反馈器效率已达89.9%，第一收缩引擎金属疲劳超过55%……"

"RJ45！加油！加油！"

"别、别指望太高，"RJ45惶惑地喊，"别忘了我们只是从前某艘飞船的一部分，船舱受到了多大程度的损害现在还不清楚，如果……"

嘣！船身剧烈地旋转起来，但是没有烟雾，其实也听不到爆炸的声音。那一声其实是我的脑袋撞在船舱壁上发出的……我好像还模糊地叫了一声，记不太清楚了……

阿沙趴在舷窗上，绝望地看着一大片银云般的物质飘向远方，然后突然消失在空间中。

"外、外层收缩引擎爆炸！我们失去了1/3的冷冻效率！"RJ45用尿床的声调叫道。

"老天爷，留条活路好不好！"

"距临界状态还有40分10秒，来自存活推断进程的基本数据错误、错误……"

阿沙的脸越来越青，在船舱里发疯地转个不停，在每一台机器上敲打着："继续冷冻。不要停！"

"我的爷……"RJ45哭号着，"冷冻的效率最勉强也只能保持在65%……只能把原子速度维持在每秒20米左右……"

"只是还差最后一口气而已！也许我们还有其他的设备可供使用！"

"我不知道……我还在试用期，工资都只有一半啊……"

"快点儿，你这没志气的！"阿沙蹲在地上喊，"这台冷冻机不会就这么简单！一定有可以将原子彻底停止的设备！"

"我不知道，不知道！别逼我，我真的会死机的！"

"你说你是学自动化控制的，"阿沙不屑地说，"其实我知道你是学裁缝的。"

"不是！"RJ45挣扎着喊。

"证明给我看！"

"我有文凭！"

"把原子给我停下来！"

——尾声。不不不，这不是故事的尾声。我想，已经到了我

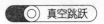

生命的尾声。

——人到了生命终结的时候总会有些不由自主的想法。有人想改宗，有人拼命吃喝，有人在电椅上扭来扭去……

——我很单纯。我坐在那里想我的女人。

"阿花……"我想起阿花，泪水涟涟。我跟阿花青梅竹马，早已海誓山盟，非娶不嫁。

"距临界状态还有30分10秒，来自存活推断进程的基本数据错误、错误……"

我无神地抬起眼皮，舱内的各式机器的荧光照亮了已经完全失去照明的船舱。阿沙站在一台机器前，目光炯炯地注视着小小显示屏上闪动的数字。

"第六个激光束也成形了，现在转过去。"

"传动第三轴承……到位了。"RJ45的声音小得像猫叫。

我埋下眼皮，继续想。

"……小莲……"

不知道是不是因为想起了小莲的缘故，周围慢慢地亮了起来。哦，小莲……

"波长已经减至0.6米每秒……"RJ45小心地屏住呼吸说话，好像它虚拟的出气声也会产生干扰似的，"光学糖浆已经捕捉了84%的原子……"

"再来，让我们再进一步。"阿沙的声音微微地颤抖着。

"这种激光是用来激励钠原子自激的，精度不算太高，但是勉强可以通过螺旋轨道照射到所有的钠元素。"

"那就够了，"阿沙说，"只需要增大激光强度提供必要的磁场就行……来吧，来吧！"

"用聚焦激光束提供光学磁场的能量只够用一次，光的磁分量真的……能把最后的运动停止下来？"RJ45简直是在抽搐了，"这些能量用完了，就没有能量可供生命维持系统了。"

"我们的生命只剩下30分钟需要维持。"

听到这里，我刚刚忍住的眼泪一下又涌了上来。想起出发前与须势理一道在海边度过的难忘假日，须势理那苗条健美的身影仿佛还在我眼前跳动……

"须势理？"阿沙在百忙中还是忍不住转过头来插上一句，"那……你上个月那个呢？"

"上个月的哪一个？"我茫然地问。

突然之间我觉得什么事情不太对劲。我看见阿沙惊讶地张大了嘴，他的脸被一道光从下方照亮，显得越来越可笑。

这光居然是从我的身体里发出来的！一道淡紫色的光——我简直不知道该如何形容——像根面条一样从我的身体中钻了出来，慢慢地，蜿蜒着向前爬行！

我完全陷入了石化状态，只听见RJ45焦急地喊："怎么了？怎么了？成了吗？"

阿沙深深地吸了一口气："成了。"

RJ45发出一声长长的、被神圣包围感召的幸福的惨叫，其凄厉程度让人不禁担心起他的电路板来。在这颂歌般的号叫中，缠绕在我胸前的光剧烈地燃烧起来，扩张着、伸展着、抽打着……这淡紫色的光芒闪耀着宇

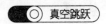

宙初创之时的纯粹与神秘，迅速蔓延扩散到整个船舱……现在整个船舱内都是舞动的火舌，淡紫色的光芒甚至直穿出了厚厚的舱壁，射向宇宙的深处……我感到自己也一同滚进了燃烧的光焰，发出战斗般的吼叫！发出濒死的惨叫！发出惨痛的哀号！

"别打了，爷！为什么我一叫唤，你就要打我？"

"你又不是被电到！"

"你没看见那光……那光……是活的！"

"那不是普通的光，那是波长。"阿沙冷静地说，"现在钠原子已经完全静止下来了。原来只有1埃左右的波长，大概已经变成数百米长的宏观波动……先生们，你们看到了世界的本质。"

"波长？怎、怎么做到的？"我吃惊地问。

"一个很古老的方法。因为光和所有的电磁辐射一样，包含振动方向相互垂直的电场和磁场，而钠原子恰好能被微小的磁场影响，所以我们用6束相互交叉的激光构成了一个光学陷阱，把运动速度已经降到每秒0.5米的钠原子套入磁场中，加大激光束的聚焦强度，让它们的运动速度在磁力的拉扯下彻底下降为0……这个方法在很久以前就曾经被使用过……没想到我们真的成功了！RJ45这小东西真的是工科毕业的！"

我茫然了很久，也没办法想通道理，只好摇摇头。专科技工学校毕业的还是不要想得太多比较好。

"那么……原子停下来以后呢？"

阿沙一下子变得安静了。他四周转动着头，我也不由自主地跟着他转脑袋。

奇怪，周围也安静下来，只有数不清的发散的紫色光芒，无声地在舱壁上、机器上、脸颊边爬来爬去。我的嘴角不自主地抽动——那个可怕的自爆倒计时的声音，不见了！

我的心咚的一声提起来："阿、阿沙？……"

"距临界状态还有25分8秒，来自存活推断进程的基本数据错误、错误……"

我的心总算咚的一声落回胸腔："哦哟，还在。"

"你被洗脑了吗？！"阿沙愤怒地大吼，"RJ45！读数！看看现在的原子基数比率！"

船舱一直处于一种低沉的震动声中，过了好几分钟，才听见那个熟悉的声音。

"读数在变化中——可是还是太小了！溢出！真可惜我只是个256位处理器！"RJ45喊着，"而且……又一个进程要求加入通道！"

"什么？"

"各位旅客，船舱里的有机体工作人员请注意。本舱的氧气指数目前判定为下降中。从通风管道补充氧气失败。重复，氧气下降中，预计在10分钟内下降为0。"

我的头发根根竖起。"漏……漏了？"

"没有漏！到处都好好的，可是氧气检测警报还是响了！"

阿沙坐着没动，却全身起伏，呼吸紧促。

我推了他一把："是不是你全吸进去了？"

"开始了。"他说。

"根据来自存活推断进程的基本数据判断，本船在正常降解之前的回收概率为G898，进入可能航线的概率为Z900R＋，与天体相撞概率为

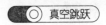

Z1010R+……读数现在上升中……建议等待读数，暂停自爆倒计时。"

船舱里一时静悄悄的。

"驳回！氧气的减少量已经威胁到完全燃烧的热效率。自爆单元要求立即进行自爆作业。倒数读秒将在10分钟内开始。"

——真的尾声。这次是真的完了。

——我发觉我们上了当，就像读者上了作者的当一样。有的家伙就想玩儿死你，你除了跟他干架外是没有别的出路的。

——我和RJ45一道，发出惊天动地的叫骂！

读者可以想象这样的情景：在宇宙的深处，一口精钢铸造的棺材里，奇异的紫光闪烁，只看见一个人在疯狂地拍打着机器，而且还得到一个声音精神上的绝对支持，着实称得上是一种另类的死法。

我不管了。我拍得两个手掌发青，跺到脚底发麻，却无法在物理上接近我想掐死的对象分毫。我的力气与意志自从登上这个船舱一直在消磨和丧失，终于滑倒在地上再无动静。

那个声音的主人也在拼命地追着进程打，可惜他的权限太小了。如果他叫得太大声，播音器就会关闭分给他的声道，所以他连骂街都只能忍气吞声。后来播音器真的把他关了，只传送氧气警报。

"氧气检测器现在发布第一号氧气警报。氧气的舒适度含量已到达危险边缘，氧气的存活度预警将在2分14秒内开始。耗氧量大的有机体，请酌情考虑离开本舱室。"

"你又在偷偷地吸！"我鼻涕眼泪一大把地望着阿沙。

"你别傻了，我能吸得了多少？我又不是内燃机！"阿沙横我一眼，"你还没发觉吗？白痴！弥散已经开始了。"

"什么？"我大张着嘴四下乱看，"在哪里？在哪里？"

"就在你的身边。"阿沙冷冷地说，"组成这个船舱的物质，已经开始渐渐地消失……恭喜你，你已经买了'猜猜到宇宙哪一边'的福利彩票。"

"我没钱。"我哭丧着脸摸身上。

"你的老命就是本钱。"

"什么意思？"

船身稍稍地摇了摇，好像有什么东西踩在船身上跳一样，却没有任何声音。现在可以明显地感觉到，船身的旋转稍稍有了变化。

过了好一阵，才听见RJ45惨叫："谁！谁把我的第二散热片拿走了？……我的内存！我的内存怎么也少了1T？怎么搞的？有人趁我不注意把我的备用闪存也拔了？天哪！这还是在宇宙中间，要是靠了岸还经得起几个人抢？"

"谁……"我刚一开口，船身又猛烈地震动了一下，我一个筋斗摔在地上。

"与第四重力锤失去联系……重力舱平衡失调！"

"来自存活推断进程的基本数据，本船在正常降解之前的回收概率为G898，进入可能航线的概率上升为T900+，与天体相撞概率上升为R110+……本船在回收以前自动肢解的概率已上升为红色警报A998+……请各位旅客在自爆之前做好自我保护，不要到处走动，系紧安全带。"

"肢解？"我真是连喘一口气的空闲都没有赶紧又从地上爬起来，"怎么又要肢解了？还有没有没玩儿到的？"

"过去的几分钟里有近半吨重的物质从本船上剥离消失！"RJ45惊讶地叫道，"老天！出发之前他们还说拧紧了每一颗螺丝呢！家族制企业维修站真是信任不得！"

"别傻了，你们两个白痴，赶快说再见吧！"阿沙靠在舱壁上，煞白着脸冷笑着，"时间到了，趁你们的身体都还在视线范围内。"

我惊惶地望着他。

"此刻我们的船舱、身体，正像宇宙中的一滴水那样蒸发着。"阿沙说，"原子和原子团离开我们，大分子和大群团分子弥散的比例已经大大增加了。越多的原子离开，弥散的概率就越大，这本来就不是一个线性增长的函数，而是几何级增长的，也许在几分钟内就能达到高潮。"

"我、我们真的……"

阿沙点了点头。"发生了。我的朋友，如你看到的那样，我们的船舱正在解体，四散到宇宙中去……现在我们船舱内的每一部分，除了被炸成碎屑，还多出了无数个选择……"他喘着气，望着我，"在爆炸之前，我希望……至少是我们的一部分，已经到了宇宙的另一个角落。"

我重重地咽了口口水。

"弥散……会把我们的身体怎么样？"

"不知道，"阿沙耸耸肩，"也许整个地消失，也许只消失掉一部分；也许心走了，人还站在这里；也许出现在另一个空间；也许是另一个时间。"

"我们会死吗？"我关心这个。我像蟑螂一样，被踩在鞋缝里了还要蹬两下腿。

"啊……那只是数不清的选择中的一个。我不知道。也许会化为宇宙

233

灰尘，也许掉落到灼热的恒星中……如果是那样……没有人能确定我们的下落，那么我们就将是永恒的存在。"

我怔怔地望着他，不知道从中能否得到安慰。在原子光的照耀之下，我的意识发生了飘移……我想起了和小倩在金沙行星的日子。那金色的沙滩，绵延数千千米的蓝色海浪……小倩？是黄头发的那一个，还是双眼皮的那一个？

"我想回金沙。"我喃喃地说。

"也许吧。"阿沙等了好一会儿才说，"如果可以选择。"

声音在这里戛然而止。

声音像被扯断的线，尖利地断裂开来。说话的人已经不在那里了……说话的人好像从来都没有在那里存在过。

一个人在宇宙中消失比轻烟还快。一刹那的工夫，在我眼前的人就无影无踪了。组成这个人的一切，除了留在记忆里的模糊印象，全部都消失不见。

那速度快得连我的眼睛都没办法适应，由于聚焦在那里，我看后面的船舱都是模糊的……一直都是模糊的，我使劲地擦去眼泪，但前方还是白茫茫的一片。我感到身体里的血液排山倒海地涌向心脏，双脚一软，坐回到地上。

我没办法解释所看到的一切和心里想的一切。我没法说话……我自己也搞不清楚在想什么，意识飞一般地从我的脑袋中消失，也许我的一部分脑浆已经在宇宙的另一个角落被做成脑花汤了。

"人、人呢！刚刚……不是还有……我……没看清楚……"RJ45结结巴巴地问。

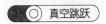

"我也不太清楚……"我摸了摸冰冷的舱壁，说，"他在哪个女人的怀里。"

——幸福地生活着。

"距临界状态还有9分15秒。自爆装置升温中。AC11号自爆装置失去接触……建议向核监测委员会发出警报……靠近本船的其他商业飞行请注意……"

自爆程序在有条不紊地进行着。我靠在舱壁上，有气无力地喘息着。

空气越来越稀薄。我的肺拼命地扩张，可是一口气也吸不进来。我有些慌乱。这种情形太熟悉了，我在半昏迷中忍不住伸手乱推："玛丽安娜，你是吻我，还是吃人呐？这么用力，我都透不过气来了，咱悠着点儿行不行……"

"救命！我的散热片丢了！我越来越热了！"朦胧中，RJ45的大喊大叫在稀薄的空气中忽高忽低，仿佛离我远去，"我承认我是超了频的……谁叫民航标准那么高……谁有降频散热软件……救命呐……"

我都不知道最后那一下子是怎么来的，等我清醒过来的时候，我正趴在船舱的一角，下意识地伸手一抹，满脸的血……我心想："玛丽安娜这婆娘不是又把我过肩摔了吧？"

不知什么时候开始，周围轰轰地闹起来。我一抬头，面前的那块舱板就直直地倒下来了。

"我的娘耶！"我连滚带爬地闪开，脚刚一缩，舱板就结结实实地砸在我一路留下的尿迹上……我什么时候又恢复了泌尿功能？

我顺着尿迹看过去，才发现在舱壁的后面赫然出现了一块巨大的空间，铁管林立的工厂里四溅着钢花，倒了一大片管子，机器嗡嗡地响着。空间很黑暗，衬托出远处一扇被照亮的大门。

　　"这是……什么意思？"我问。

　　不远处一根被撞歪的管子"哐当"一声摔在地上，激起雨雾般的油水，哗哗地溅落不止。

　　"那……好吧。"

　　我咳嗽一声，开始往前走。

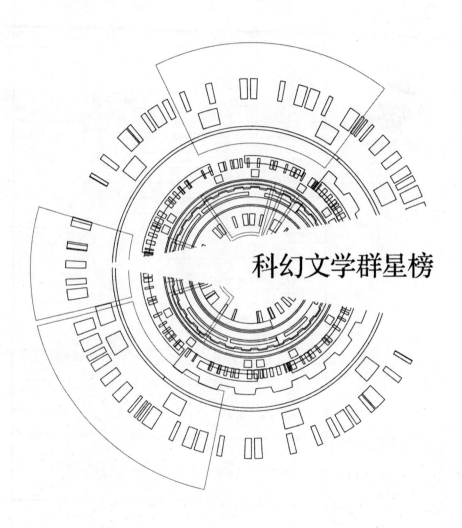

科幻文学群星榜

科幻文学
群星榜
出版书目

序号	作者	书名
1	郑文光	侏罗纪
2	萧建亨	梦
3	刘兴诗	美洲来的哥伦布
4	童恩正	在时间的铅幕后面
5	张静	K星寻父探险记
6	程嘉梓	古星图之谜
7	金涛	月光岛
8	王晋康	生死之约
9	刘慈欣	纤维
10	潘家铮	子虚峡大坝兴亡记
11	韩松	青春的跌宕
12	星河	白令桥横
13	凌晨	猫
14	何夕	异域
15	杨鹏	校园三剑客
16	杨平	神经冒险
17	刘维佳	使命：拯救人类
18	潘海天	永恒之城
19	拉拉	永不消逝的电波
20	赵海虹	月涌大江流
21	江波	自由战士
22	宝树	人人都爱查尔斯
23	罗隆翔	朕是猫
24	陈楸帆	动物观察者
25	张冉	灰城
26	梁清散	面包我的幸福
27	七月	撬动世界的人于此长眠
28	杨晚晴	天上的风
29	飞氘	讲故事的机器人
30	程婧波	第七种可能
31	万象峰年	点亮时间的人
32	长铗	674号公路
33	迟卉	蛹唱
34	顾适	为了生命的诗与远方
35	陈茜	量产超人
36	刘洋	单孔衍射
37	双翅目	智能的面具
38	石黑曜	仿生屋
39	阿缺	收割童年
40	王诺诺	故乡明
41	孙望路	重燃
42	滕野	回归原点